雨ふる本屋とうずまき天気

日向理恵子　作
吉田尚令　絵

雨ふる本屋とうずまき天気

雨ふる本屋

雨の降《ふ》る日の　図書館の
本棚《ほんだな》たちの　さらにおく
かべを無視《むし》した　その先に
小さな本屋が待っています

店の名前は〈雨ふる本屋〉
人がわすれた物語に
雨のしずくをしみこませ、
本にしあげて　ならべます

〈雨ふる本屋〉のむこうには、
地図にできないすきまの世界
ほっぽり森や　ののノ野《の》や
ドードー組合　月ケ原《つきがはら》

いつだったかに　出会ったはずの
おとぎ話の　わすれものたち

「雨あめ　降《ふ》れふれ　〈雨ふる本屋〉」
ひみつの呪文《じゅもん》を　となえたら、
本棚《ほんだな》からなる迷路《めいろ》をぬけて
さあ、扉《とびら》を開きましょう

登場人物《とうじょうじんぶつ》

ルウ子
人間の女の子。
お話を書くのが好き。

サラ
ルウ子の妹。

ホシ丸くん
幸福の青い鳥。
男の子に変身する。

舞々子《まいまいこ》さん
フルホン氏の助手。
妖精使《ようせいつか》い。

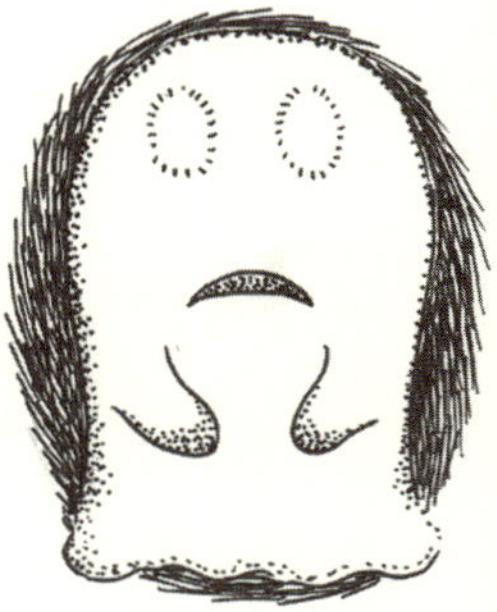

ヒラメキ
作家の幽霊《ゆうれい》。

シオリ
セビョーシ
舞々子《まいまいこ》さんの妖精《ようせい》。

フルホン氏
かつて絶滅《ぜつめつ》した
ドードー鳥。
〈雨ふる本屋〉店主。

電々丸《でんでんまる》
雨童《あめわっぱ》。
舞々子《まいまいこ》さんの親せき。

七宝屋《しっぽうや》
ふしぎなものを
商《あきな》うカエル。

もくじ

一　図書館のひみつの会話

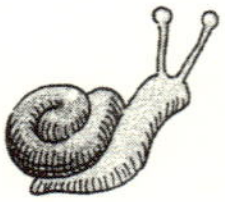

雨が、いつまでも降《ふ》りやみません。きのうの夜から降《ふ》りだした雨は、どしゃ降《ぶ》りになって、雷《かみなり》までも呼《よ》びよせているのです。風をうならせ、街路樹《がいろじゅ》をゆらし、雨は街《まち》じゅうを、にぶい灰色《はいいろ》のうでにかかえこんでいました。

図書館のガラスの自動ドアも、荒《あら》っぽい雨風におびえて、なんだかいつもよりも、あわてて閉《と》じはじめたようでした。そのドアを、びしょぬれになったレインコートのフードをずらしながら、ルウ子は走ってくぐりました。

まったく、ひどい雨です。前からも横からも、おかまいなしに降《ふ》りつけてくるものですから、まるで、ここまで水の中を泳いできたみたいでした。

ルウ子が図書館へ入ったとたん、外で雷《かみなり》がどうっととどろき、館内の照明が、たよりなくとぎれました。停電したのです。すぐまた電気はもどりましたが、一瞬《いっしゅん》の暗さは、図書館が外の世界から切りはなされてしまったかと思わせました。ふたたびともった明かりをたよりに、ルウ子は館内へ、するどい視線《しせん》を走らせます。

いました。おくの棚《たな》のかげから、ちらりとこちらをうかがっていた顔を、あわてひっこめた女の子……ルウ子の妹のサラに、まちがいありません。青いボンボンでくくった前髪《まえがみ》が、猛獣《もうじゅう》ににらまれたネズミのしっぽのように、本棚《ほんだな》のむこうへかくれました。足音をしのばせ、ルウ子はそちらにかけだします。

（まったくもう、サラったら！）

図書館の中はいつもよりひとけがなく、がらんとしています。外の天気がこの荒《あ》れもようでは、だれもわざわざ、本を借りに出かけようとは思わないでしょう。

ルウ子だって、図書館へ来るつもりなんて、なかったのです。きょうは、このあいだ買ってもらったジグソーパズルを、ふたりでつくるはずだったのです。先月に博物館へ行ったとき、お母さんが買ってくれたパズルで、完成すれば、海の上を飛ぶ翼竜《よくりゅう》の絵ができるのです。

「完成したら、サラがひとりじめしないで、お母さんにあげるのよ」

ルウ子がそう提案したとたん——サラはパズルをなげだして、この雨の中、家から出ていってしまったのでした。おとなりの家へ回覧板《かいらんばん》を持っていったお母さんが帰るまでに、つれもどさなければ。ルウ子は雨の中へ、妹を追いかけに出たのです。

ほとんど人がいないせいか、図書館の中はいつもよりうんとひろく、また、ずいぶんと暗く感じられました。ぎっしりと本のならんだ本棚《ほんだな》の、わずかなすきまというすきま、棚《たな》と棚《たな》のあいだの空間、天井《てんじょう》や床《ゆか》のすみ——そういったところに、えたいのしれない暗闇《くらやみ》がわだかまり、うごめいているかのようです。

本棚《ほんだな》のあいだをぐんぐん進みながら、ルウ子はしだいに、心配になってきました。いつも来る図書館と同じ場所とは思えないほど、館内はぶきみです。外の荒々《あらあら》しい雨音《あまおと》は、世界からほかの音がなくなってしまったみたいに、耳にずっとひびいています。

「………」

サラは、ほんとうに図書館にいるのでしょうか？　もしかしたら、サラだと思って追いかけているのは、べつの子なのでは？　あるいは……もっとべつの、人間でないなにかだったら？

ぞうっとこわくなって、ルウ子は、立ち止まりました。まったく、なにを考えているのでしょう。しっかりしなくては。はやくつれて帰らなければ、サラがまた、ひどいかぜをひいてしまいます。

本棚《ほんだな》のむこうで、小さな足音がしました。長靴《ながぐつ》をはいたかかとが、サッと通路のむこうへかくれるのを見るや、一気にそこまで走り、そうしてルウ子の手は、サラの白いレインコートの衿首《えりくび》を、とうとうつかまえました。

「サラ、待ちなさい！」

逃《に》げようと身をよじるサラをつかまえたまま、ルウ子はどなりつけました。サラのすがたが見えたとたん、おそろしい空想は消えさり、ついでに、図書館の中では静かにするというルールも、吹《ふ》き飛《と》んでしまいました。

「いや！　やだあ！」

「逃《に》げるんじゃないの！」

うでをふりまわすサラの肩《かた》をつかんで、ルウ子は自分のほうをむかせました。

「なに、考えてるの。こんな嵐《あらし》の日に、勝手に外へ出たりして。こわいかぜでもひいたら、どうするつもり？」

まくしたてるルウ子を、サラはほっぺたをまっ赤にふくらませて、涙《なみだ》をいっぱいにためた目で、にらんでいます。思いっきりへの字にまげた口は、ルウ子なんかと話をするものかと、きつくひきむすばれています。

「さあ、帰るわよ。〈雨ふる本屋〉へ遊びに行くつもりだったんでしょうけど、そうはいかないんだからね。そんなふくれっつらで行ったって、だれも、歓迎《かんげい》なんてしてくれるもんですか」

言いながら、ルウ子はサラの手をつかんで、出口のほうへ歩きだそうとしました。

きしゃ

「ちがうもん！」

ルウ子につかまれた手を乱暴《らんぼう》にふりまわして、サラがいきりたちました。白い長《なが》靴《ぐつ》をはいた足を大きく開いて立ち、サラは肩《かた》をふるわせています。

「〈雨ふる本屋〉に遊びに行くんじゃないもん、サラは、家出するんだもん！　もう、おうちに帰らないんだもん、ずっとあっちにいるんだもん！」

一気に言うと、サラはまたへの字口《じぐち》になって、だまりこみました。荒《あら》っぽく息をつき、目は、ルウ子をにらんだままです。妹のけんまくに、ルウ子はぽかんとしました。いったい、なにをこんなに怒《おこ》っているのでしょう？　困惑《こんわく》したのをけどられまいと、ルウ子はつとめて、肩《かた》をそびやかしました。

「家出？　お姉ちゃんもよく知ってる場所へ家出なんかして、どうする気？　そんなの、はやく見つけてって言ってるようなもんじゃないの。ばかみたい」

するとサラは、びっくりしたように一瞬《いっしゅん》目をみはり、つぎにはぎゅっとうつむいて、ぼろぼろと泣きだしてしまったではありませんか。涙《なみだ》をこらえようとして、歯を食いしばって息をつめるものですから、おでこも耳もまっ赤です。

妹の手をにぎりなおすと、ルウ子はできるだけ、低い声で言いました。

「さあ、帰るわよ」

ルウ子が、いつもより重く感じられる足を、ふみだそうとしたそのときです。

本棚《ほんだな》のかげから、くぐもったヒソヒソ声が、聞こえてきたのです。

「……その本は、ほんとにここにあるの？」

「たしかにたしかに、ここにあるはず」

「見つけたとして、さて、いかがしたものでしょう？」

「盗《ぬす》んでかくすか、燃やしてしまうのよ。かりにも、自在師《じざいし》に見つからないように」

ルウ子とサラはびくりと身動きを止めて、耳をそばだてました。

本棚《ほんだな》のむこうに、だれかがいます。いったい、だれでしょうか。図書館の本を盗《ぬす》むだの、燃やすだの、あやしい相談をしているのは……

「なんていう本だっけ。どんな色の表紙？　大きさは？」

「さてさて、題名は……はて、なんと言った？」

「とにもかくにも、なんだか、へんてこな題名でした」

「あきれたわ、だれも題名をおぼえていないなんて」

「けれども、じつにへんてこな題名でしたから、見ればたちまちわかるでしょう」

ルウ子たちがすぐそばで聞いているとは知らず、おしゃべりはつづきます。かわった声ばかりでした。こわれかけのおもちゃの笛《ふえ》を鳴らすような、かん高い声。ぴちょぴちょと、水からあがったばかりのような声。かすれて、かわいたしゃがれ声……どれも、人間ではない何者かを想像させる声ばかりです。

「ところでところで、ぜんたいどうして、こちらへ来ることができたのだろう？」

「ほんとうにね。あたしたち、自在師《じざいし》でも魔法使《まほうつか》いでもないのに」

「それは、この雨のせい。大雨のせいで、世界のさかいめが、ずいぶんとぬかるんでいるからです」

ルウ子とサラは、無言《むごん》のまま目を見あわせました。ただならないぶきみさを、ふたりとも、感じていました。わずかでももの音をたてたら、本棚《ほんだな》のむこうの存在《そんざい》に、気づかれてしまいます。そうなったらどうなることか、ふたりはまばたきさえもこらえて、息をころしました。

――と、そのときです。

カラッ、とかろやかな音がして、サラのレインコートのポケットから、もも色の巻《ま》き貝《がい》でできたカタツムリが、ころがり落ちました。サラはちっとも体を動かしていないというのに。そして、ルウ子もサラも、「雨あめ　降《ふ》れふれ　〈雨ふる本屋〉！」――という、ないしょの呪文《じゅもん》をとなえていないのに。カタツムリ人形はとつぜんふるえると、するするっと体をのばし、猫《ねこ》がかけるようにすばやく、進みはじめてしまったではありませんか。

あたりはいつのまにか、巨大《きょだい》な本のつまった本棚《ほんだな》の迷路《めいろ》になっていて、ルウ子とサラはほとんど自動的に、カタツムリを追って走りだしました。長靴《ながぐつ》をはいたふたりの足が、ぶえんりょな音をたてたことは、いうまでもありません。

「おや、だれか、いますね」

「話を聞かれたわ！」

ヒソヒソとおしゃべりしていた声たちが、いっぺんにこちらへ意識をむけたのがわかりました。

「ゆめゆめ、ゆめゆめ、逃《に》がしちゃならない、つかまえろ！」

あわただしく追ってくる気配《けはい》があり、ルウ子とサラは無我夢中《むがむちゅう》で走りつづけました。もも色に光るカタツムリのすがただけを目じるしに、本棚《ほんだな》の迷路《めいろ》をあちらへまがり、こちらへ折れ――ころばないのが奇跡《きせき》と思われるほど、走りに走りました。

そうして、とうとうつきあたりに見えてきた古い木の扉《とびら》へ、ふたりは体《たい》あたりせんばかりにかけこみました。その扉《とびら》にはもちろん、くねくねとした飾《かざ》り文字で、こう彫《ほ》ってあるのです――

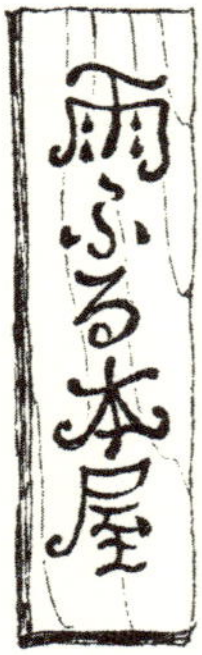

二　おそるべき絶滅《ぜつめつ》かぜ

扉《とびら》をくぐると、さっきまで体じゅうを支配していたこわさを洗《あら》い流《なが》すように、やさしい雨が、ふたりをむかえ入れました。ルウ子とサラは、肩《かた》で息をしながら、いまのはほんとうに起こったことだったのかしらと、上気《じょうき》した顔を見あわせました。

明るい象牙色《ぞうげいろ》の天井《てんじょう》から降《ふ》る、澄《す》んだ雨。草のはえた床《ゆか》に、気まぐれにならんだ本棚《ほんだな》たち。人形や化石標本《かせきひょうほん》、アメの缶《かん》や鉢植《はちう》えといっしょに、本棚《ほんだな》におさまっているのは、物語の種を雨で育ててつくった〈雨ふる本〉たちです。天井《てんじょう》からは天体模《てんたいも》型《けい》やはく製《せい》がゆかいげにぶらさがり、〈雨ふる本屋〉のようすは、いつもとかわりません。

夢でも、見たのでしょうか？　さっき、市立図書館の暗い通路で聞いた何者かのないしょ話と、自分たちを追ってきた気配《けはい》のことを、ルウ子ははやくも、現実だったとは思えなくなってきました。

と、お店のおくから、深い苔緑《こけみどり》のスカートをゆらして、舞々子《まいまいこ》さんがあらわれました。本屋の助手は、いつでもまっ先に、お客が来たのに気づきます。

「ルウ子ちゃん、サラちゃん、ようこそいらっしゃいませ」

巻《ま》き毛《げ》のまわりに幾重《いくえ》もの衛星《えいせい》のように真珠《しんじゅ》つぶをまとい、羊皮紙《ようひし》のマントで宙《ちゅう》を飛ぶふたりの妖精《ようせい》をしたがえた舞々子《まいまいこ》さんのすがたを見るや、ルウ子とサラはこらえきれず、かけよりました。

「あらまあ、ふたりとも、どうしたんですの？　おばけ屋敷《やしき》から出てきたばかりのような顔をして！」

舞々子《まいまいこ》さんの妖精《ようせい》、シオリとセビョーシも、サファイヤ色の目をみはり、なにごとかと飛びまわります。

ルウ子とサラは、すこしのま、なにも言えずに息をつめました。さっきのできごとがほんとうだったとして、なにをどう説明すればいいのか、ふたりともわからなくなってしまったのです。

舞々子《まいまいこ》さん、それに妖精《ようせい》たちが、ふしぎそうに首をかしげたそのときでした。お店のおく――りっぱなカウンター机《づくえ》の置いてあるほうから、地べたも天もゆるがさんばかりの、大きなくしゃみがさくれつしたのです。

「ハ、ハ、ハーックション！」

シオリとセビョーシがあわてふためいて、舞々子《まいまいこ》さんの肩《かた》のうしろにかくれました。

「まあ、フルホンさん！　お休みになっていなくては、だめじゃありませんか」

見ると、お店のおくのカウンター机《づくえ》につみあげられた本のむこうに、よろよろと動く頭がのぞいています。その頭が、髪《かみ》の毛《け》ではなく古紙色《こしいろ》の羽毛《うもう》におおわれているところを見ると、〈雨ふる本屋〉の店主、ドードー鳥のフルホン氏だということは、まちがいありません。が、その頭はどうしたことか、落ちつきなくふらついています。

とつじょ、机《つくえ》の上にあぶなっかしく山をなしていたぶ厚い本たちが、バサバサとなだれ落ちると、本たちを追いかけて、フルホン氏が登場しました。気むずかし屋の店主は、本にもたれかかり、机《つくえ》になかばつっぷしています。

「ど、どうしたの、フルホンさん？」

ルウ子がおどろいたのも、むりはありません。満月《まんげつ》メガネのおくでいつもきびしく光っているフルホン氏の目は、どんよりとうつろです。太いくちばしは、蝶番《ちょうつがい》のこわれたドアのように開き、そのすきまから、苦しそうな息がもれているのです。

「さあさあ、もういちどお薬を飲んで、そしてお願いですから、ちゃんとおふとんに入っていてください」

かけよった舞々子《まいまいこ》さんが、ドレスのたもとからガラスのビンを出し、フルホン氏のかわいたくちばしにお薬をそそごうとします。が、フルホン氏はそれを翼《つばさ》でおしもどして、しゃがれきった声で言いました。

「止めないでくれたまえ、舞々子《まいまいこ》くん。この地獄《じごく》の病魔《びょうま》におかされたからには、わ

たしは――ハ、ハクション！　――もう、人生にのこされたすべての時間をかけて、本を読むのだ。それこそが、ドードーとしてこの星に誕生《たんじょう》したわたしの――ハ、ハックション！　――さいごの使命に――ハハハ、ハーックション！　――ちがいないのだからね！」

くしゃみをくりかえしながら、フルホン氏はまくしたてます。ふさがりかけていたまぶたは、しゃべるうちにぐりりんと見開かれ、メガネのおくの目玉が、熱っぽくぎらつきだしました。舞々子《まいまいこ》さんは、やれやれとため息をつきます。

「また、大げさな。めったにないことですから、劇的《げきてき》におっしゃりたいのはわかりますけれど……そんな言い方をなさっては、ルウ子ちゃんとサラちゃんが、びっくりしてしまうでしょう」

くるりとルウ子たちのほうをふりむくと、まゆをさげて笑い、舞々子《まいまいこ》さんは言いました。

「ふたりとも、そんなに心配そうな顔をしなくても、だいじょうぶよ。フルホンさんは、ただのかぜなんです。まあ、ただの、と言うには、すこしばかり、やっかいなかぜなのですけれど……」

「すこしばかり、と？　舞々子《まいまいこ》くん、いったいきみの目は、ふしあなかね？　見よ、この高熱、目の充血《じゅうけつ》、翼《つばさ》のけばだち！　ああ、わたしは、かくもおそろしい病《やまい》に魅入《みい》られたわが人生を、運命の残酷《ざんこく》を、呪《のろ》うばかりだ！」

そう言ってフルホン氏は、短い翼《つばさ》で、ハタハタと自分の顔をあおぎました。

「まったくもう……運命を呪《のろ》っているひまがあるのなら、お薬を飲んで、ちゃんと横になっていてください。きちんとなおれば、もっとたくさんの本を、もっとすっきりした頭で、読むことができますわ」

それにこたえてフルホン氏は、くしゃみともあかんべえともつかない、ブムーというへんてこな音を出しました。ルウ子は、舞々子《まいまいこ》さんを応援《おうえん》するつもりで、フルホン氏にこまった顔をむけました。

「そ、そうよ、フルホンさん。本を読むのなら、なおって元気になってからにすれば？」

フルホン氏は、さも軽べつしたようすで、鼻水まじりに鼻を鳴らします。

「またもや、ばかげたことを！　本こそは、病《やまい》をいやす力を持っているというのに。生きるために真に必要なものは、なにかね？　水か、空気か、食べものかね？　いな、われわれには、物語や知識こそが必要だ。われわれは、つねに世界を見る見方をあたらしくする必要がある。農夫が畑の土をたがやすのと同じに、われわれは、物語というあたらしい空気のつぶを、自分たちの生きる世界にめぐらせつづける必要があるのだ……そのおこないによってこそ、世界はゆたかになり、病《やまい》がどこおることも、なくなるのだ！」

しゃべりながらピシリと宙《ちゅう》に立っていた短い翼《つばさ》は、フルホン氏の声がとぎれると同時に、体のわきへだらしなくたたみこまれました。羽毛《うもう》もしおれるようにしぼんで、フルホン氏の体は、ひとまわりもちぢんで見えました。

ルウ子は、不安になりました。舞々子《まいまいこ》さんはたいしたことなどないように言いますが、ほんとうは、フルホン氏の病気は、よっぽどひどいのではないでしょうか？

サラは、いつのまにかシオリとセビョーシを人形のように抱《だ》きしめて、フルホン氏を見つめています。舞々子《まいまいこ》さんを見あげると、サラは、言いました。

「フルホンさんは、タマネギ食べられるの？　おかぜのときには、タマネギをいっぱい入れたミルク粥《がゆ》がいいんだって。こないだ、サラも、それ食べてなおったもの」

舞々子《まいまいこ》さんが、くるっと目をまるくしました。たそがれ色の目が、一瞬《いっしゅん》のうちに藍色《あいいろ》に黄金色《きんいろ》に、美しくきらめきます。

「サラちゃん、いいことを教えてくれて、ありがとう。さっそく、つくってみましょう」

ところがフルホン氏は、また、ブムーと鼻を鳴らします。満月《まんげつ》メガネのおくの目が、どろんとにごって、あらぬかたをにらんでいます。

「わたしは、タマネギは好かんよ――ハックシュン――舞々子《まいまいこ》くん。ネギ科の植物を食べて、平気な顔をしているのは、地球上に、に、に――ヘクション！　――人間くらいのものだ。ほかの多くの生きものにとっては、毒《どく》でしかな、な、な――ハクション！　――ないのだ！　毒草《どくそう》をこのんで食べるうえに、人間というのは……この星で最上の知性を持つのだと思いあがりながら、ほかのことにかまけて、本を読むことをおろそかにしているのだ。まったくもって、なげかわしい……」

しゃべるうちに手もとの本につっぷして、しばらくぶつぶつ言っていたフルホン氏は、やがてガバリと顔をあげました。その目は赤くにごって、なにやら狂暴《きょうぼう》に光っています。すっかりつやをなくした短い翼《つばさ》をせいいっぱいにひろげると、フルホン氏はとつぜんに、枯《か》れた声でさけびだしました。

「かくなるうえは、世界をいまいちどやりなおすべきなのだ！　いまいる生物を根《ね》こそぎにほろぼしさり、べつな理想をその遺伝子《いでんし》に刻《きざ》みこんだ、無垢《むく》なる新生物の時代をおこすのだ！　堕落《だらく》しきったこの星を、たたきなおさねば。おお、落ちよ隕《いん》石《せき》、噴《ふ》けよ火山！　かぜに浮《う》かれた絶滅種《ぜつめつしゅ》、ドードー鳥の呪《のろ》いをうけて、地上にのさばるすべての生きのこりたちよ、いまこそ……」

ルウ子たちがぎょっとするまもあらばこそ、舞々子《まいまいこ》さんが電光石火《でんこうせっか》にかけよって、フルホン氏のくちばしに、お薬を流しこみました。ふにゃりと、フルホン氏は本のページの上にへたりこみ、半分まぶたを開けたまま、だらしのないいびきをかきはじめてしまいました。

「……つまりは、こういうことなんですの」

白いおでこをてのひらでおおいながら、舞々子《まいまいこ》さんがルウ子たちに説明しました。

「熱とくしゃみとせきが出て、ただのかぜには、ちがいないのですけど……やっかいなのは、ドードー鳥しかかからない病気で、このかぜをひくと、どういうわけか、ひどい呪《のろ》いをかける力を持ってしまうということなんです。この世界の生きものを、絶滅《ぜつめつ》させてしまうという呪《のろ》いを。

それが、ドードー鳥だけがかかる、絶滅《ぜつめつ》かぜなんです」

ルウ子は、いつのまにか自分が口をまるく開けたままだったことに気がついて、あわててくちびるを閉《と》じました。同時にゴクリと、生つばを飲みこみます。

「でも、だって、ただ、呪《のろ》いをかけるだけなんでしょ？　さっきみたいに。熱でうわごとを言ってるのと、同じでしょう？　ちょっと、声が大きいってだけで……」

ところが、ルウ子のことばに反して、舞々子《まいまいこ》さん、それにシオリとセビョーシは、見たこともないほど深刻《しんこく》なようすで、目を見かわしました。

「それが……ほんとうにその呪《のろ》いがかかってしまうというのが、絶滅《ぜつめつ》かぜの、なによりもやっかいなところなんですの。いまのところは、なんとかうまくはぐらかすことができていますけれど……かぜがなおらないことには、フルホンさんがいつ、すきまの世界をほろぼしてしまうか、わからないのよ」

舞々子《まいまいこ》さんが重い口調で言い、自分もかぜにかかったように、ルウ子の体を、ゾクゾクッとさむけがかけあがってゆきました。

三　半分の半分の舞々子《まいまいこ》さん

　たくさんの本の上につっぷしたまま、寝入《ねい》ったフルホン氏に、舞々子《まいまいこ》さんが、天《てん》井《じょう》からたぐりおろした雲の毛布をかけてあげました。すかさず、シオリとセビョーシが氷枕《こおりまくら》をはこんできて、フルホン氏の頭にのせます。

「ごめんなさいね、ルウ子ちゃん、サラちゃん。びっくりさせてしまったでしょう」

　スグリ色のくちびるのはしを持ちあげ、舞々子《まいまいこ》さんは、苔《こけ》とクモの巣でできたドレスのたもとに手をさし入れます。そのしぐさを見ていたかのように、お店の床《ゆか》から大きな白いキノコがはえてきて、ひらたいテーブルの形になりました。そこへ、たもとからとりだした晴《は》れ空色《ぞらいろ》のテーブルクロスをひろげると、金色の湯気《ゆげ》のたつショウガ茶のカップがあらわれて、いいにおいをさせています。

「とにもかくにも、お茶にしましょう」

あたたかいショウガ茶に、舞々子《まいまいこ》さんは、ほんとうに光る星砂糖《ほしざとう》をひとつずつ入れてくれました。

ルウ子もサラも、だまってテーブルを見つめます。お茶なんて、飲んでいる場合でしょうか。フルホン氏のおかしなかぜといい、市立図書館でふたりを追ってきたなぞの存在《そんざい》といい……どうも、おそろしいことが起こりすぎています。

「外でも、ずいぶん雨が降《ふ》っていたんでしょう。ルウ子ちゃんたちまでかぜをひかないように、おなかの中をあたためなくちゃ」

舞々子《まいまいこ》さんがつとめて明るく言い、ルウ子たちはことばをかわさないまま、テーブルキノコのまわりにぽこぽことはえてきたキノコの椅子《いす》に、腰《こし》かけました。

ルウ子とサラは、自分たちには意味のわからないできごとがとつぜん立てつづけに起こったことを、おたがいに相談したくてたまりませんでした。けれど、そもそも雨の中、追いかけっこをしてきたいきさつを思いだすと、どちらからも口を開く気になれません。

ふたりのだんまりをやわらげようと、舞々子《まいまいこ》さんはいそいでテーブルのまん中に、あつあつのチョコレートがかかったドーナッツのお皿を置きました。どんなゆううつもはじきかえすほどの、大ぶりなドーナッツです。

「ルウ子ちゃん、サラちゃん、そんなに心配しないで。絶滅《ぜつめつ》かぜは、たしかにたいへんな病気ですけれど、絶滅《ぜつめつ》の呪《のろ》いのほかは、症状《しょうじょう》もなおしかたも、ふつうのかぜと同じなんです。フルホンさんが、あんなに苦しそうにしているのは、かぜをひいてからいつにもまして――それこそ、夜も寝《ね》ないで、本を読んでばかりいるからなのよ。まったく、たったの一週間ほど、あたたかく安静《あんせい》にしていてくだすったら、すぐになおってしまうんですけれど……」

雲の毛布にくるまれたフルホン氏は、大いびきをかいて、案外気持ちよさそうに眠《ねむ》っています。あまりかぜをひいたことのない人ほど、ちょっとぐあいが悪くなると、大さわぎをするものです。そういえばルウ子も、前の冬にめずらしくかぜをひいて、お母さんとサラの前で泣いてしまいましたっけ。あのときはサラのほうが落ちついていて、あとでずいぶんとはずかしい気持ちになったものです。

けれども、もし、なおるのを待たずに、フルホン氏が熱に浮《う》かされて、絶滅《ぜつめつ》の呪《のろ》いとやらをかけてしまったら……？

それに……なんだか舞々子《まいまいこ》さんの影《かげ》が、うすいように見えるのです。足もとにいつでもある、影《かげ》です。それがなんとなく、水でうすめたような、たよりない色に見えるのです。もしや舞々子《まいまいこ》さんまで、ぐあいが悪いのではないでしょうか。

「舞々子《まいまいこ》さん、ヒラメキ幽霊《ゆうれい》さんは？」

甘《あま》いお茶とドーナッツで緊張《きんちょう》がほぐれたのか、サラが聞きました。

「また、執筆室《しっぴつしつ》にこもってるの？」

ルウ子がまゆをよせると、

「執筆室《しっぴつしつ》のご本！」

サラがさけんで、椅子《いす》からとびおりました。本棚《ほんだな》のひとつへかけよると、つま先

立ちをして手をのばし、一冊《さつ》の本をひっぱりだしてきました。青白い表紙のその本は、ルウ子たちのよく知っているものです。『執筆室《しっぴつしつ》』と、ほとんど透明《とうめい》な文字で記《しる》されたタイトル、「中で、さわぐべからず」「差し入れにハチミツ・ミルクとくらげまんじゅう」「熱心に仕事中」「一心不乱《いっしんふらん》に執筆中《しっぴつちゅう》、ほんとうです」……へたくそな文字で書かれたレッテルが、ところかまわず貼《は》られています。

〈雨ふる本屋〉には、ヒラメキという名の作家の幽霊《ゆうれい》がすんでいます。以前には、書きかけのままの自分の物語の種をもとめて、ほっぽり森にすんでいたのですが、いまではこの本の中に、専用《せんよう》の執筆室《しっぴつしつ》があるのです。魔法《まほう》のしくみによって、表紙を開けば、ドアを開けたと同じに、部屋の中へ入ることができます。

ところが、どうしたことでしょう。サラは本をかかげてきょとんと目をまるくし、ルウ子も首をかしげました。青白い表紙のまん中には、とりわけ大きなレッテルが貼《は》られていて、そこには太い文字で、こう記されているのです。

『ただいま、旅の空』

ぽかんとしているルウ子たちに、舞々子《まいまいこ》さんが、やんわりと言いました。

「幽霊《ゆうれい》さんなら、見てのとおり、いまは旅行中なんですの。フルホンさんがこのかぜをひく前に、ちょっとばかりふたりでけんかをして——作家のあつかいがひどすぎると言う幽霊《ゆうれい》さんに、フルホンさんがいつものように原稿《げんこう》をきびしく批判《ひはん》して。それなら、息ぬきのために旅行に行ってくるということになったのですわ。幽霊《ゆうれい》さんの骨休《ほねやす》めね」

「すごい、ほんものの作家みたい」

ルウ子が言うと、舞々子《まいまいこ》さんがまゆをさげて笑いました。

「あらあら、ああ見えて幽霊《ゆうれい》さんは、生きているあいだに本も出していた、正真正銘《しょうしんしょうめい》ほんものの作家よ」

幽霊《ゆうれい》をすこしうらやましく思って、ルウ子はふと、レインコートの上から、ポケットにさわりました。物語を書くためのノートとペンを、ルウ子はいつも、ポケットに入れているのです。が……ふれてみたポケットの中には、ノートはあるのに、どうやらペンが入っていません。サラを追って、あわてて家を出たために、わすれてきてしまったのです。

「ヒラメキ幽霊《ゆうれい》さん、ひとりきりで行っちゃったの？」

幽霊《ゆうれい》のことが大好きなサラは、会えないとわかって、口をとがらせます。ところが舞々子《まいまいこ》さんは、思いもよらない返事をしました。

「いいえ、あまり旅行に慣れていらっしゃらないようですし、わたくしがつきそっているんです」

「でも、舞々子《まいまいこ》さん、ここにいるじゃない」

ルウ子が言うと、舞々子《まいまいこ》さんは、こまったようすでこめかみに指をあてました。

「わたくしの半分の半分を、幽霊《ゆうれい》さんにあずけているんですわ。わたくしは妖精使《ようせいつか》いですから、もともとの自分の半分は、妖精《ようせい》たちにあげていますでしょう。ですから、いまわたくしは、幽霊《ゆうれい》さんのつきそいと〈雨ふる本屋〉の助手とで、半分の半分ずつ――まさか、こんなときにかさなってしまうとは、思っていませんでしたけれど」

自分をいくつもにわけてしまうだなんて、いったい、どうやったらそんなことができるのでしょう。舞々子《まいまいこ》さんの足もとの影《かげ》が、うすまっているように見えるのは、なるほどそのためだったのです。──おどろきながらも、ルウ子がようやく、舞々《まいまい》子《こ》さんに図書館の通路でのことを話さなければと、口を開きかけたときでした。

コトリと、だれかが本の背《せ》を持ちあげる音が、本棚《ほんだな》のかげから聞こえてきたのです。ルウ子とサラはぎょっとして、身をすくめました。まさか、市立図書館のぶきみな存在《そんざい》が、ここまでふたりを追ってきていたのでしょうか──?

けれども、本棚《ほんだな》のむこうのだれかは、コホンとえんりょがちにせきばらいをして、すがたを見せないままに、こうたずねました。

「あの、よければ、絶滅《ぜつめつ》かぜをすぐになおす方法、教えましょうか?」

四　ブンリルー

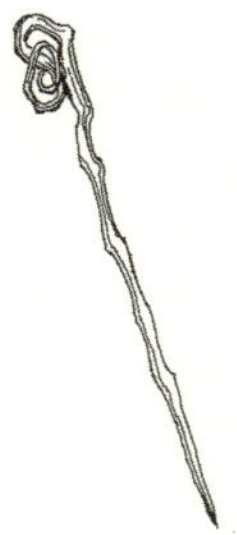

お店の入り口近くの本棚《ほんだな》のかげから、そっと顔を出したのは、ひとりの女の子でした。ルウ子と年がかわらないくらいの、それはどうやら、人間の女の子です。

「あらまあ、いらっしゃいませ。わたくしったら、お客さまに気づきもせずに、ごめんなさいね」

舞々子《まいまいこ》さんが、あわてて頬《ほお》に手をあてました――が、そのしぐさや物言《ものい》いには、ほんとうにあわてているというより、どこかルウ子たちに見せるのと同じに、親しみがこもっています。

「いいえ、あたし、だまって本を見てるの、好きだもの」

女の子が、はにかむように首をかしげました。色白の頬《ほお》はまだらのピンク色に染《そ》まり、三つ編みのおさげにゆわえた髪《かみ》の毛《け》は、ナマズの背《せ》の色をしてつやつやとゆれています。ルウ子がふつうに暮《く》らしている世界で、どこででも会えそうな女の子に見えます。

けれど、それにしては、女の子のいでたちは、やはりずいぶんとみょうでした。白と黒のしまもようの、ターバンのような大きな帽子《ぼうし》——同じく白黒の、しまもようのスカート——どこかサーカスの道化《どうけ》を思わせる服装《ふくそう》に、足もとだけはあたりまえの長靴《ながぐつ》なのが、よけいにちぐはぐに見えます。

とつぜんあらわれた知らない女の子に、サラが肩《かた》をこわばらせます。妹がそのまま椅子《いす》からころげ落ちないよう、ルウ子は背中《せなか》をささえました。

女の子は、手に、ひょろりと長い棒《ぼう》を持っていました。貧相《ひんそう》な木ぎれのような棒《ぼう》は、女の子の背《せ》たけよりも長く、白茶けた象牙色《ぞうげいろ》をしています。どうやらそれは、杖《つえ》らしいのです。杖《つえ》の先は、くるりとねじれて、いびつなうずを巻《ま》こうとしています。

「ルウ子ちゃんとサラちゃんには、まだ紹介《しょうかい》していなかったわね。こちらは、〈雨ふる本屋〉のあたらしい常連《じょうれん》さんなんですの。しばらく前からよく通ってきてくれていて、フルホンさんも、それはもう、よろこんでいるんですのよ。

紹介《しょうかい》しましょう、こちらは、人間の女の子の、ルウ子ちゃんとサラちゃん。そして——」

舞々子《まいまいこ》さんからの紹介《しょうかい》をひきついで、女の子は、ねじくれた杖《つえ》を両手で軽くかかげました。

「こんにちは……あたしは、ブンリルーです」

小さな声は、お砂糖《さとう》を食べすぎたときのように、どこかかすれています。ブンリルーと名のった女の子は（いったいぜんたい、へんな名前の人しかいないのかしら、とルウ子は思いました）、大きな帽子《ぼうし》ののった頭を、ぺこりとさげました。

「ところで、ブンリルーちゃん、さっき言ったのはほんとう？」

舞々子《まいまいこ》さんが、サッと表情をひきしめました。はずかしがり屋と見えて、ふしぎな女の子は、目玉をきょろきょろさせながらうなずきます。

「……ほんとう。あたし、前に聞いたことがあるの。ドードー鳥の絶滅《ぜつめつ》かぜを、あっというまになおすには――」

ブンリルーが、まだしゃべっているとちゅうでした。ポツン、と、鼻の頭にとくべつ大きな雨つぶがあたって、ルウ子は上をむきました。上にはもちろん、〈雨ふる本屋〉の明るい天井《てんじょう》があるはずなのです。ところがそこには、いつのまにやら灰《はい》色《いろ》の雲のひとつかみがうずを巻《ま》いていて、そして雲の中から、なにか四角なものが落下してくるではありませんか。

コロン！　落ちてきたのは、鹿《か》の子《こ》もようの鼻緒《はなお》の下駄《げた》です。どうして、こんなものが……ルウ子がもういちど上をむいたと同時に、こんどは下駄《げた》の持ち主が、雲の上から降《ふ》ってきました。

「あ、わ、わ、わ、わ……」

お店の床《ゆか》が草でおおわれていたのは、まったくもってさいわいでした。――ドスン！　声の主は小さな雨雲をつきやぶって、まっさかさまに、〈雨ふる本屋〉の床《ゆか》に激突《げきとつ》したのです。

したたかにうちつけた鼻をおさえてうめいている人物を見て、ルウ子もサラも、目をまんまるにしました。

「電々丸《でんでんまる》！」

灰色《はいいろ》の着物に、リスのしっぽのようにうしろでしばった髪《かみ》の毛《け》。それはまちがいなく、雨童《あめわっぱ》の電々丸《でんでんまる》でした。

「まあ、どうしたんです、電々丸《でんでんまる》！」

舞々子《まいまいこ》さんは、自分の親せきにあたる雨童《あめわっぱ》の肩《かた》に、手をあてました。電々丸《でんでんまる》のだんご鼻はまっ赤にふくれ、どんぐりまなこには涙《なみだ》が浮《う》かんでいます。

「か、か、火山コショウだ！」

口をきるなり、電々丸《でんでんまる》はそうさけびました。舞々子《まいまいこ》さんはきょとんとし、ルウ子はあわてて、フルホン氏のようすをたしかめました。このさわぎで、もし起きてしまったら……けれどもフルホン氏は、雲の毛布にくるまって、威厳《いげん》もどこへやら、ぐうすかと眠《ねむ》っています。

「嬢《じょう》やたち、すまないのだ、きょうはゆっくりしておれん。こんどな、またアメちょこでも買ってやろうな」

いちどだけルウ子たちのほうへ声をかけると、電々丸《でんでんまる》は舞々子《まいまいこ》さんにむきなおって、せっつくようにつづけました。

「舞々子《まいまいこ》、ドードーのかぜは、ほうっておくとよくないらしいのだ。おいらな、舞々子《まいまいこ》に手紙をもらって知ってから、方々《ほうぼう》で絶滅《ぜつめつ》かぜのことを聞いてみたんだ。そしたらな、うん、火山コショウというのが、いっちばんきくらしい。火山の火口《かこう》でとれるコショウでな、そいつをふった料理を食わせれば、あっというまになおっちまうんだ。このかぜは、はやいとこなおさないとな、……」

ここで電々丸《でんでんまる》は、ルウ子たちに聞かれないよう、ぐっと舞々子《まいまいこ》さんのほうに身をかがめ、声を落としました。……が、あまりないしょ話がとくいではないとみえ、なにを言っているのかは、すっかり聞きとれてしまいました。

「じつのところ、大昔にな、ドードー鳥がすきまの世界の生きものをぜんぶ、ほろぼしちまったことがあったらしいんだ、うん。知らなかったろ、うん、知らないで、あたりまえなんだ。そんな、とんでもないできごとがあったから、ドードー組合なんてもんが、つくられたらしいんだ。そんときドードーがひき起こした大絶滅《だいぜつめつ》は、どうやってかは知らないが、ドードー組合の連中がなかったことにしちまったらしい。あのドードー組合にいた、おっかないばあさんのドードーがな、そんとき、世界の時間をちょこっと巻《ま》きもどして、そんで、絶滅《ぜつめつ》の呪《のろ》いのことを、わすれさせたっていうんだな」

絶滅種《ぜつめつしゅ》のドードー鳥たちが、すきまの世界に生きのこる仲間たちを手だすけするため、つくられたのがドードー組合です。電々丸《でんでんまる》の言うおばあさんドードー、トコトワ女史《じょし》は、フルホン氏のたのみをうけて、以前ルウ子たちに力を貸してくれました。

「で、でも、電々丸《でんでんまる》……あなた、それを知らせに来てくれたんですの？」

舞々子《まいまいこ》さんの声は、おどろきのためにふるえをおびています。電々丸《でんでんまる》は、張《は》り子《こ》のおもちゃのように、せわしなくうなずきました。

「だってな、うん、このまんまにしといたら、かぜはなおらんし、このすきまの世界も、こんどこそ絶滅《ぜつめつ》しちまう。そんなこと、ど、どうしてでも、止めないとな」

それまで、杖《つえ》をにぎりしめてなりゆきを見まもっていたブンリルーが、ためらいがちに、わって入りました。

「あの、あたしも、同じことを言おうとしてたの」

それまで、ルウ子とサラにしか気づいていなかった電々丸《でんでんまる》は、三人めの女の子の存在《そんざい》に、たまげたようすでした。どんぐりまなこをぐりぐり動かし、とんがった口をさらにすぼめています。ブンリルーの頬《ほお》のピンクのまだらが、さっきより大きくなりました。

「……火山コショウは、古い種類の生きものにしか効かない、かぜの特効薬《とっこうやく》なのですって。ものすごいくしゃみを出させて、かぜをいっぺんに、吹《ふ》きださせちゃうんですって。舞々子《まいまいこ》さん、行ける？　その雨童《あめわっぱ》さんといっしょなら、火山コショウをとりに行ける？」

それでも舞々子《まいまいこ》さんは、きめあぐねているようすです。なにかにすがるように両手をにぎりあわせ、巻《ま》き毛《げ》をとりまく真珠《しんじゅ》つぶまでもが、逃《に》げまどうような飛び方をしています。

「こまりましたわ……電々丸《でんでんまる》の言うことがほんとうなら、すぐにでも、ドードー組合へたすけをもとめなくてはいけないんです。火山コショウをつかうにしても、もしも万が一のとき、わたくしたちだけではどうすることもできませんもの。けれど……ああ、どうしましょう。いまのわたくしは、四分の一しか自分を持っていませんから、フルホンさんの羽毛《うもう》をさしだしたとしたって、〈雨ふる本屋〉の助手だと、組合にみとめられるかどうか……」

組合は、仲間をたすけてくれますが、その入り口は厳重《げんじゅう》で、たとえドードーであっても、たしかな証明がなければ、中へ入ることはできません。

「組合に言っても、そこからまた、コショウさがしをはじめるだけよ。舞々子《まいまいこ》さん、それで、まにあうの?」

白黒じまの帽子《ぼうし》をゆらし、ブンリルーがかぶりをふります。

「でも……るすにするとして、お店はどうしましょう」

舞々子《まいまいこ》さんのこまった顔を、はらはらしながら見まもっていたルウ子は、たまらなくなって、声をあげました。

「あ、あたし、るす番をしてるわ! 舞々子《まいまいこ》さんたちがもどってくるまでのあいだ、あたし、サラとここで待ってる」

「け、けどな、嬢《じょう》や、どんくらい時間がかかるか、わからないぞ。そりゃあ、おいらの雨雲で、超特急《ちょうとっきゅう》で飛ばしはするけどな、もしかすると、何日かはかかるかもしれないのだ」

サラは不安そうに、ルウ子のレインコートのそでをにぎりました。何日もかかるのでは、ルウ子たちも、ここで待っているわけにはいきません。

と、そのとき、舞々子《まいまいこ》さんのふたりの妖精《ようせい》が手をつなぎ、空中でピシッとかかとをうちあわせました。

「シオリ！」

「セビョーシ！」

舞々子《まいまいこ》さんが、声を張りあげた妖精《ようせい》たちに、目をまるくしました。

「まあ、あなたたち、店番をしていようというんですの？」

シオリとセビョーシは、つぶらなサファイヤ色の目にきらきらした光をやどし、まっすぐに口をむすんでいます。ルウ子もサラも電々丸《でんでんまる》も、ためらいがちに顔を見あわせていましたが、やがて舞々子《まいまいこ》さんが、胸《むね》にたまった不安をおしやるように、静かなため息をつきました。

舞々子《まいまいこ》さんは、自分の妖精《ようせい》たちに、まっすぐたそがれ色の目をむけました。

「わかったわ、シオリ、セビョーシ。もどってくるまで、〈雨ふる本屋〉とフルホンさんを、お願いします。あなたたちは、わたくしの半分を持っているんですから、いまの、半分の半分のわたくしよりも、お店の役に立てるでしょう」

主《あるじ》のことばに、シオリとセビョーシは、そろってりりしくうなずきました。

舞々子《まいまいこ》さんは、電々丸《でんでんまる》に手をひかれて、宙《ちゅう》に浮《う》く雨雲の上にのりました。雨童《あめわっぱ》がのる雲は、人でも本棚《ほんだな》でものせてしまうほど、じょうぶなのです。

電々丸《でんでんまる》は、もう一刻《いっこく》もむだにできないとばかりに、雨雲をじりじりと前進させています。ゆれながら出発しようとする雨雲から身をのりだして、舞々子《まいまいこ》さんはルウ子たちひとりひとりにむかって言いました。

「ごめんなさいね、ルウ子ちゃん、サラちゃん、ブンリルーちゃん。もどってきてフルホンさんが元気になったら、かならず、みんなでおいしいお茶を飲みましょう」

濃《こ》い灰色《はいいろ》の雨雲は、お店の天井《てんじょう》まで浮《う》きあがると、びゅうっと竜巻《たつまき》式にうずまいて、お店からすがたを消しました。あとには、あわただしいおわかれの言いわけみたいに、きらきらと雨のしずくが光ります。

きゅうに静かになったお店の中に、フルホン氏のいびきだけが、かわりなくひびいています。真夜中にるす番をまかされたような心細さに、ルウ子とサラは手をつないで、立ちつくしました。

「さあ、それじゃあ——」

ふいに、ブンリルーがナマズ色の三つ編みをゆらして、ルウ子たちのほうをむきました。

「あたしたちも、行きましょうか？」

杖《つえ》をにぎり、首をかしげたブンリルーを見て、ルウ子はとっさに、サラをうしろにかばいました。舞々子《まいまいこ》さんを見あげていた、はにかむ表情はきれいに消えうせ、捨《す》てられた人形のようなうつろな顔が、こちらを見つめているのです。

「な、なに言ってるの？　あたしたちは、行かないわ」

ルウ子はうろたえながらも、自分と同じくらいの年と背《せ》たけの相手を、にらみつけました。

けれど、その声などまるきり聞こえていないようすで、ブンリルーはねじれた杖《つえ》を持ちあげます。シオリとセビョーシが、空中で手をとりあって、身をすくめました。

ブンリルーの持つ杖《つえ》は、ねじれた細い木ぎれにも、異様《いよう》に長いヤギのつのにも見えました。また、先が傘《かさ》の柄《え》のようにくるりと折れまがっているため、それは、一個の大きな疑問符《ぎもんふ》にも見えるのでした。

「〈おこぼれたち〉に、会ったんでしょう？　みんな、なにか言っていたの？　あなたに、なにか言ってた？　どうして、逃《に》げてしまったのかしら？　〈おこぼれたち〉は、食事のお皿にのっていたのに」

手に持った疑問符《ぎもんふ》によりかかりながら、ブンリルーは質問ばかりをつらねます。その瞳《ひとみ》の色が、黄緑へ、むらさきへ、毒々《どくどく》しいシグナルのようにうつろいます。

ルウ子はとっさにサラのうでをひき、お店の出口へ走ろうとしました。が、そのときにはもう、ブンリルーの手が、細い杖《つえ》を頭の上にかかげていたのです。

「いっしょに来て……天候大納言《てんこうだいなごん》さまのところへ」

消え入りそうな声にあわせて、細くとがった杖《つえ》の先が、くるくると動いたのが見えました。そのとたん――強烈《きょうれつ》な風がお店の中に吹《ふ》きこんで、はげしいうずを巻《ま》いたのです。強風に持ちあげられて、つま先が浮《う》くのが感じられました。こうなってはもう――こちらの世界では、いつものことながら――つぎに目を開けたときには〈雨ふる本屋〉にはいないことを覚悟《かくご》し、ただサラの手をけっしてはなさないように、ルウ子は目をつむり、痛《いた》いくらい強く、妹の手をにぎりしめました。

五　暗闇《くらやみ》の大トンネル

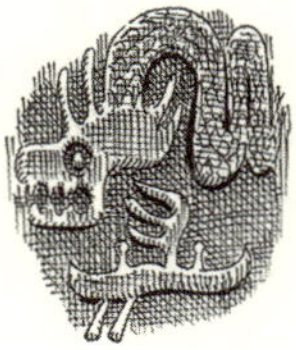

ルウ子が目を開けたとき、そこは、巨大《きょだい》なトンネルのような場所でした。トンネルのかべというかべには、びっしりと、魔術《まじゅつ》めいた彫《ほ》り物細工《ものざいく》がしてあります。太陽や、竜《りゅう》や、穀物《こくもつ》をせおった人、杖《つえ》を持った魔術師《まじゅつし》、たいまつをかかげた巨人《きょじん》、舟《ふね》に、蝶《ちょう》ちょ、大きな口のばけものに、嵐《あらし》と星々《ほしぼし》……ぐるぐると際限もなく描《えが》かれた細工《さいく》が、ひとりでにうごめいて、だれも知らない絵物語を何千年もくりかえしつづけているかのようです。じっさい、かべのもようを見ようとすると、石に彫《ほ》られた絵の、濃《こ》くこびりついた影《かげ》の部分が、にゅるにゅると動いているのがわかるのです。にゅるにゅる、もぞもぞと影《かげ》とぶきみな絵とがうごめいて、とてつもなく古い、知ってはならない物語をはてしなく語りつづけています。

このトンネルには、天井《てんじょう》も床《ゆか》もありません。かべはまるく周囲をとりかこみ、いわば、とてつもなく大きな筒《つつ》になっています。では、ルウ子はどこに立っているのかというと、ルウ子は、立っていることなんて、とてもできやしませんでした。

トンネルの空気は、人間の子どもなど軽々《かるがる》と浮《う》かせて、前方のぶきみなまっ暗闇《くらやみ》へぐんぐんとつれてゆくのです。ルウ子とサラは、小魚のように宙《ちゅう》に浮《う》き、はげしい空気の流れにきりきり舞《ま》いをくりかえしました。手をつなぎあっていなければ、あっというまにはなればなれになってしまうでしょう。

「あなたたちは、飛べないの？」

ひとり、空気の中を自在《じざい》に飛びながら、杖《つえ》をにぎったブンリルーがこちらをふりかえりました。ゆれる空気にもみくちゃにされるルウ子たちとはちがって、ブンリルーは人魚か妖精《ようせい》のように、軽々《かるがる》と宙《ちゅう》を舞《ま》っています。このブンリルーの体が、どういうわけかぼうっと光っているおかげで、ルウ子はトンネルのようすを知ることができたのでした。ブンリルーは、まるで妖精《ようせい》みたいに見えます。ただし、シオリわざわざ見てもしてるようなブンリやセビョーシのような、かわいらしく親切な妖精《ようせい》ではなく、ぶきみなすみかでわざわいの起こるのを待っている、かかわりたくもないたぐいの妖精《ようせい》です。

ルウ子は、なにか言おうにも、ことばがのどから先へ出ませんでした。暗くておそろしいトンネルも、こんな場所で、ぼんやりよそ見でもしているようなブンリルーも、ルウ子のおなかの芯《しん》をすくみあがらせていたのです。

トンネルの前方もうしろも、黒々とした闇《やみ》に飲みこまれて、出口は見えません。

（どうしよう。きっと、とんでもないところへ、つれてかれちゃうんだわ。たとえば、大悪魔《だいあくま》のごはんをつくる、地獄《じごく》みたいな台所とか……）

自分で想像して、ルウ子はごくっと、つばを飲みました。

けれども、三つ編みの女の子はぜんたい、ルウ子たちをどうするつもりでしょう。ルウ子のほうでは、あんな子を知りはしませんし、怒《おこ》らせるようなことなど、なにもしていないはずです。とにかく、サラとふたりでここから逃《に》げだし、〈雨ふる本屋〉へ帰る方法を考えなくては……

と、ずっとだまっていたサラが、とつぜん、かん高い声をあげました。

「いじわるのお姉ちゃん、きらい！」

ルウ子はぎょっとしてふりむき、ブンリルーは目だけをまるくして、おどろきの表情をつくりました。サラはこわさで目に涙《なみだ》をためながら、おでこにぎゅっとしわをよせて、体いっぱいに怒《おこ》っています。

「サラとお姉ちゃんは、おうちに帰るもん！　いじわるのお姉ちゃんと、いっしょに行かないもん！」

するとブンリルーは、なんと言われたのかを考えるように、まゆをよせていくどかまばたきをしました。

「……そんなの、あんたのきめることじゃないわ」

ポツリと、ブンリルーがサラにことばをむけました。その声には、思わずどきっとさせられる暗さがこもっていました。ところがサラは、ルウ子にたすけをもとめることもしないで、言いつのるではありませんか。

「だって、サラとお姉ちゃんは、いっしょだもん！　サラだって、ちゃんとわかるもん、きめられるもん！」

ブンリルーは、首をかしげてすこしのま、目をむこうへむけました。なにも見えない、まっ暗闇《くらやみ》のほうへ……

「いっしょじゃ、ないわ。ルウ子はルウ子で、サラはサラでしょう？　ああ、それじゃあ、サラはべつの場所に行く？　どうして、サラもいっしょに来たの？」

「ちょっと、待ってよ！」

ピシャリとわって入ったのが、自分の声だと気づいて、ルウ子は考えなしにどなったりしたのを、すぐさま後悔《こうかい》しました。けれど、このままでは、サラに勝ち目はないと思ったのです。

いちど大声を出すと、ルウ子の体の中に、つぎつぎと怒《いか》りがわいてきました。ルウ子はそもそも、きょうは図書館へ来るつもりなんてなかったのです。〈雨ふる本屋〉へ来るつもりだって。――あんなにひどい雨なのだから、一日じゅう家にいて、ジグソーパズルを完成させるはずだったのです。それなのに、えたいのしれない連中に追いかけられて、フルホン氏は絶滅《ぜつめつ》かぜをひいていて、わけのわからない女の子に、どこかへつれさられかけているだなんて。

「なんだっていうのよ、もう！　あたしたち、帰らなきゃ。あんたにつきあっているひまなんて、ないんだから」

怒《いか》りにまかせて声を張りあげるルウ子を、かべの彫《ほ》り物細工《ものざいく》たちが、影《かげ》をうごめかせながら見まもっています。ちっぽけな女の子たちを、幾万《いくまん》もの目が見つめています。

そんな中で、おかしな衣裳《いしょう》のブンリルーだけがほのかな明かりをまとって、ナマズ色の三つ編みを、ゆらゆらとゆらしています。瞳《ひとみ》を、いまは青く光らせて。

「帰れないでしょう？　だって、あたしと行くんだから。自分じゃ、飛べないんだから」

からかう口ぶりではないのに、その声は、いたずら猫《ねこ》のつめのようにルウ子の心をさかなでしました。ルウ子は、相手を力いっぱいにらみつけます。

「ばかにしないで！　あたしだって、道具さえあれば飛べるのよ。道具さえ……」

ルウ子の声は、だんだんすぼみます。ルウ子はいま、コウモリガッパを持っていません。ルウ子が空を飛ぶのにつかう道具、コウモリガッパは、いつも舞々子《まいまいこ》さんにあずけているのです。このトンネルでは、水のように重みのある空気が体をささえていますが、この先……このブンリルーのつれていこうとしている場所で、コウモリガッパなしに、ルウ子たちはきりぬけられるでしょうか……

「あたしとサラは、〈雨ふる本屋〉へもどるわ。フルホンさんのぐあいだって心配だし、いくら舞々子《まいまいこ》さんの半分を持ってるからって、シオリとセビョーシだけじゃ、店番ができるのかどうか……それに……」

それに……お店には、ホシ丸くんだって来ているかもしれないではありませんか。いまここに、青い鳥の男の子、ルウ子たちの友達のホシ丸くんがいてくれたら、どんなにか心強いでしょう！

「だいたい、〈おこぼれたち〉ってなんなの？　あたしたちに用事があるってふうだけど、ほんとは、人ちがいなんじゃないの？　あたしたちは、あんたのことなんて、これっぽっちも知らないわよ」

ルウ子のことばに、ブンリルーの表情が、かすかに、けれどもはっとするほどに、かわりました。ブンリルーはくちびるをとがらせ、長い三つ編みまでも、すっと力なくたれ落ちます。ふせた目は、つめたい灰《はい》の色に変化しました。

「知らないの？　わからないのね？　やっぱりわからない？」

とうとつに、ブンリルーが、ルウ子たちの前へまわりこんで、ピタリと停止しました。それにつられて、ルウ子とサラの移動も、止まります。周囲の絵物語だけが、休むことなく影《かげ》をおりまぜ、うごめきつづけています。

いきなりこちらをむいて止まったブンリルーは、白と黒のちっぽけな影法師《かげぼうし》のようでした。手にあるいびつな白い杖《つえ》が、不吉《ふきつ》な疑問符《ぎもんふ》を闇《やみ》の中に浮《う》かびあがらせています。

ブンリルーは、なにを思ったのか、その杖《つえ》をかすかにかかげ、こう言うのです。

「これは、ペンなの。あたしは、このペンで文字を書くの。そうすると、魔法《まほう》をつかえるの。〈おこぼれたち〉は、あたしのことを、どう呼《よ》んでいた？」

ブンリルーがたずねると、ナマズ色の三つ編みが、一瞬《いっしゅん》、ヘビのようにくねりました。

「だ、だから、〈おこぼれたち〉って、いったいなんなの？」

ルウ子の声は、ひとりでにふるえてしまいます。

「会ったのでしょう？　すきまの世界の外で、あんたたちの世界で。〈おこぼれたち〉は、むこうへ行かなかった？　世界のさかいめを、こえなかった？　こんな声を、聞かなかった？　沼魚《ぬまざかな》の声――四《よ》つ足虫《あしむし》の声――飛《と》ばず鳥《どり》の声――」

言いながら、ブンリルーの声が、つぎつぎにかわりました。ぴちょぴちょと、水からあがったばかりのような声。かすれて、かわいたしゃがれ声。こわれかけのおもちゃの笛《ふえ》を鳴らすような、かん高い声……どれも、ルウ子たちが市立図書館の通路で聞いた、何者かの声です。

さいごに、また自分の声にもどって、ブンリルーがたずねました。

「〈おこぼれたち〉は、あたしのことを、どう呼《よ》んでいた？」

その声は、何百年も返事を待ったままの、問いかけの亡霊《ぼうれい》のようでした。それで、ルウ子は、自分があっさりと返事をしてしまったことにも、そんなにおどろくことができなかったのです。

「たしか、〝自在師《じざいし》〟って……」

ブンリルーのふしぎな色の目が、銀色のすごみをおびました。ナマズ色の三つ編みに、青白い静電気《せいでんき》が、きらめきながらまといつきます。

「そう。あたしは、自在師《じざいし》。自在師《じざいし》だから、どこにもいない。どこにもいないから、この世界で、どんな魔法《まほう》でもつかえるの」

ブンリルーがそう言ったとたん、髪《かみ》の毛《け》の静電気《せいでんき》が、手《て》にある杖《つえ》へするどく走りました。杖《つえ》をかかげるブンリルーに、ぞろぞろとトンネルの暗闇《くらやみ》が群《むら》がります。

「さあ、いっしょに、ついてきて。〈おこぼれたち〉が逃《に》げたので、天候大納言《てんこうだいなごん》さまは、ひどく空腹《くうふく》でいらっしゃるの。人間の女の子ふたりくらい、ひとのみに食べておしまいになるわ」

いびつな骨《ほね》のような杖《つえ》の先が、空中に見えない文字を書きつらねはじめた、そのときです。

「サラとお姉ちゃんは、おうちに帰るんだもん！」

それまでだまってブンリルーをにらんでいたサラが、とつぜんどなりました。妹の大声にたまげているルウ子になど、おかまいなしに、サラは空気がピリピリするほどの声を、張りあげます。

「とんでけっ！」

サラがなにをさけんだのだか、すぐにはわかりませんでした。ルウ子とサラの体は、トンネルの流れを無視《むし》し、バネ仕掛《じか》けのように横へとびはねます。サラの左手には、いつのまにか、まっ白い鳥の羽でできた小さな傘《かさ》がにぎられていました。

「ひゃあっ！」

ルウ子の口から、悲鳴がはじけます。ルウ子とサラは白い傘《かさ》につれられて、ロケット花火のような猛《もう》スピードでどこかへ飛んでゆきます。

トンネルのかべは、影《かげ》のようにかたさをうしない、ふたりのちっぽけな女の子のために道を開けました。紋様《もんよう》のかげにうごめく暗闇《くらやみ》を、おそろしがるひまもありません。石のかべに彫《ほ》られた神さまの耳たぶのあたりを通りぬけ、まっ暗な世界をつっきって、ふたりはひたすらに、飛んでゆきました。

「サ、サラ、そんな傘《かさ》、どうしたの！」

サラは羽でできた傘《かさ》の柄《え》を、小さな手でしっかりとにぎりしめて、こたえました。

「〈夢の力〉をつかったの！　すきまの世界だったら、想像力をつかったら、なんだってできるんだもん。サラ、あのお姉ちゃん、いじわる、きらい！」

ルウ子は、あっけにとられるばかりでした。自分がなにも思いつかなかったことに、おどろきはてていたのです。

〈夢の力〉をつかうことを、考えつかないだなんて！　このすきまの世界では、人間の〈夢の力〉――想像力こそが、ものをいうのです。想像力をはたらかせさえすれば、置き物の小さな汽車にのって移動することも、つくりもののクジラやゾウに命を吹《ふ》きこむことも、本から〈稲妻《いなずま》ヘビ〉や〈眠《ねむ》りの蝶《ちょう》ちょ〉を出すことも、できるのです。

ルウ子は、胃がぐらぐらする気分でした。自分は、サラのお姉ちゃんなのに、あのブンリルーという子をむやみにこわがって、どうしたらいいのか思いつくこともできなかったなんて……それに、すきまの世界には、ルウ子のほうが慣れているはずなのに、だいじなことをちゃんとおぼえていたのは、サラだったなんて。

ブンリルーは、追ってきているでしょうか。ふたりには、それをたしかめるよゆうはありません。傘《かさ》はますます加速をかけて、弾丸《だんがん》のようにルウ子たちをはこびます。あまりのはやさに、傘《かさ》のまわりに白熱した火花がちっています。

「ねえ、サラ！　どこに行くの？」

サラに聞こえるように、ルウ子はどなりました。とんでもない速度で飛んでいるせいか、ルウ子たちには、まわりが青い青い影《かげ》にしか見えないのです。あの巨大《きょだい》トンネルからぬけだしたことは、まちがいありません。が、トンネルの外がどうなっていて、どこへ通じているのかなど、ルウ子たちにはわかりませんでした。

サラがなにかこたえましたが、声が聞きとれません。

「なに？」

ルウ子がもういちどどなると、サラがこちらをむきました。その顔は、泣きそうにゆがんでいます。

「わかんない……」

サラのべそかき声が聞きとれたのは、そのとき、傘《かさ》のスピードが急激《きゅうげき》に落ちたためでした。

ふいに、ぽすんと、傘《かさ》がひとりでに閉《と》じました。ルウ子とサラは手をつないだまま、地面めがけて落ちはじめました。が、落ちると思ったのはつかのまで、見えないクッションにつつまれるようにして、ふわりと軽く着地できたのです。とつぜんの着地と、ひさしぶりの地面の感覚に、よろめいて、おたがいの手をひっぱりあわなければなりませんでした。

そこは、星空の下にひろがる淡《あわ》い色をした砂漠《さばく》で、ルウ子たちが立っているのは、ちょうど、水と緑の植物にめぐまれた、オアシスのそばでした。空へのびあがる建物が、明かりをともして澄《す》みきった泉《いずみ》によりそい、おいしげる植物からは、さえざえとみつのかおりが漂《ただよ》います。

まだめまいがして、ぼうっとあたりをながめていると、まるでルウ子たちが来るのを待っていたかのように、だれかが声をかけてきたのです。

「よくぞ、おいでくださいました。鳥の姫《ひめ》さま、さあこちらへ」

六　鳥の姫《ひめ》の天傘《あまがさ》

ルウ子たちをむかえたのは、なんともおかしなすがたをした人でした。人と呼《よ》べるのか、わかりません。空豆色《そらまめいろ》と紺色《こんいろ》の上品なころもをまとった体は人間ですが、首から上には、人間の頭ではなしに、黄緑の羽毛《うもう》をはやした、オウムの顔がのっているのです。先のまがった、頑丈《がんじょう》なくちばしに、知恵深《ちえぶか》そうな黄色い目はにごりのないガラス玉を思わせます。

「星のめぐるのももどかしいほど、姫《ひめ》さまをお待ちしておりました」

ルウ子とサラは、まだ手をつないでいて、この鳥人間に声をかけられても、なにもこたえることができませんでした。

いったい、自分たちは、どこへ来てしまったのでしょう？　ルウ子たちがもどるべき場所は、〈雨ふる本屋〉、そして、外の世界にある自分たちの家だというのに。

オウム頭の人物は、ただぽかんとしているルウ子とサラに、手でオアシスをさししめしました。

「さあ、鳥の姫《ひめ》さま。どうぞこちらへ。たっぷりの真水《まみず》と、のぞまれるかぎりのくだものを、ご用意してございます」

ルウ子とサラは、おたがいの顔を見つめあいました。ふたりとも、髪《かみ》はくしゃくしゃ、おどろきと疲《つか》れで、とんでもない朝寝坊《あさねぼう》をしたあとみたいに、ひどい顔です。

「あ、あの、ここは、どこですか？　それと、鳥の姫《ひめ》さまって、だれのこと？　あたしたちは……」

ところが、ルウ子がようやっとの思いでしゃべっているというのに、オウム頭の人は、てきぱきとした調子で、それをさえぎったではありませんか。

「鳥の姫《ひめ》さま、それは、あたらしいおつきの者ですか？　人間とは、また、めずらしい。どうぞ、ごいっしょにおつれいただいてかまいません。ただいま、輿《こし》をご用

意いたしましょう」

そう言って、オウム頭の人がひと声、ポォ、と鳥の声で呼ぶと、鏡《かがみ》の色をたたえた泉《いずみ》のおく、黄金色《きんいろ》の石の階段《かいだん》を、鈴《すず》の音《ね》といくつもの足音がおりてきました。階《かい》段《だん》をかざるゆたかな緑の植物と、そこに咲《さ》く象牙色《ぞうげいろ》の花々のむこうからあらわれたのは、あらたな鳥人間のひと群《む》れでした。みんなして、きゃしゃな金の輿《こし》をかついでおり、その輿《こし》にふんだんにさげられた大小さまざまな鈴《すず》が、愛らしく、おく深い音色《ねいろ》を発しているのです。

フクロウ、ペリカン、サギ、カラスにモズ。鳥人間たちの、首から上は種類もさまざまですが、空豆色《そらまめいろ》と紺色《こんいろ》のころもをまとった体は、みんな人の形をしています。

鳥人間たちは、だまったまま輿《こし》をはこんでくると、ひざまずいて止まりました。たくさんの手がささえる輿《こし》は、細かな金の細工《さいく》、紅《くれない》のざぶとんがのっています。

「さあ、鳥の姫《ひめ》さま、おのりください」

オウム頭の人が、サラにうやうやしく頭をさげます。みんな、サラにばかりていねいな態度をとり、ルウ子のことなんて、見えていないも同然です。

サラはとまどって、ルウ子のうでにしがみつきました。その動作を見て、オウムの顔が笑いました。

「どうぞ、どうぞ、そちらのペットも、ごいっしょにおのせください」

「これは、サラのお姉ちゃんだもん。ペットじゃないもん」

サラがうったえても、鳥人間たちは、くちばしになぞめいた頬笑《ほおえ》みをたたえたまま、輿《こし》にたいせつなだれかがのるのを待っています。

「サラ、とにかく、ここは話をあわせましょう」

ルウ子が、サラに耳うちしました。ルウ子を見あげるサラのしかめっつらが、「なんで?」と言っていましたが、ルウ子はまゆ根《ね》をぎゅっとよせて、小さくかぶりをふってみせました（これは、ルウ子の、「だまって言うことを聞きなさい」という、あいずなのです）。

サラはおそるおそる、輿《こし》に片足《かたあし》ずつのりました。ルウ子もサラのとなりにのり、ふたりとも長靴《ながぐつ》をはいたままなのをとがめられやしないかと、鳥人間たちの顔を見ましたが、だれも注意しないどころか、満足そうな表情さえ、うかがえました。

輿《こし》が持ちあげられ、いまおりてきた階段《かいだん》をのぼって、一行はどこかへむかいます。しゃん、しゃん、ちりりと鈴《すず》が幾重《いくえ》にもうたい、輿《こし》はたおやかにゆれました。

緑の植物とあざやかな色の花々をまとい、オアシスにそびえるこの建物は、お城《しろ》でしょうか、寺院《じいん》でしょうか？　回廊《かいろう》や窓《まど》、まるい屋根や塔《とう》がかさなりあうように、上へ上へのびています。

かべというかべ、天井《てんじょう》という天井《てんじょう》には、無数の小さな穴《あな》が開いていて、おびただしい虫の巣かと見えるその穴《あな》は、ごく細い線で注意深くつなげられた、星座《せいざ》の図なのでした。星の図でうめつくされた建物は、植物たちとともに夜空へのびてゆく巨《きょ》大《だい》な樹《き》にも見えます。

やがて一行は、水路《すいろ》にかこまれた四角い中庭へたどり着きました。中庭の石畳《いしだたみ》が、ぼうっとあたたかな光をふくんでいて、空は夜なのに、ほっとするような明るさです。中央には大きなテーブルがしつらえられ、ちょうど人数分の椅子《いす》、そして先ほどオウム頭の人が言ったとおりのごちそうが、無言《むごん》で歓迎《かんげい》しています。

鳥人間たちがまたひざまずき、低くおろされた輿《こし》から、ルウ子とサラは中庭におりたちました。なんて、甘《あま》いにおいがして、空気が澄《す》んでいるんでしょう！

うながされて、ルウ子とサラは席につきました。サラが上座《かみざ》に座《すわ》り、その両どなりには、ふたりのツノメドリの顔をした鳥人間たちがはべります。ルウ子は、そのすぐそばの小さな椅子《いす》に座《すわ》ることが、ゆるされました。

磨《みが》きのかかったテーブルの上には、金のさかずきと、くだものが山と盛《も》られた銀の器《うつわ》が、のっています。すみには、陣取《じんと》りゲームの盤《ばん》が置かれてありましたが、どういったルールで戦うものか、ルウ子たちにはかいもくわかりませんでした。

「どうぞ、おめしあがりください」

さかずきになみなみとみたされた水は、いままで飲んだことがないほどのおいしさでした。くだものの器《うつわ》には、ももに、すもも、コバルトブルーのぶどう、黄金色《きんいろ》のマンゴー、紅色《べにいろ》と銀のつぶのザクロ。どれも、まるで宝飾品《ほうしょくひん》のようです。

「砂漠桃《さばくもも》ですよ」

ほんのりと薄紅色《うすべにいろ》のにじんだ、黄金《きん》のみごとなももにまっ先にかじりついたサラに、となりにひかえるツノメドリの侍女《じじょ》が説明しました。

「おいしい！」

サラが目をかがやかせます。ルウ子もつめたい水を飲みました。ふたりとも疲《つか》れのために、のどがからからだったのです。

「砂漠桃《さばくもも》は、鳥の国をとりかこむ砂漠《さばく》でしかとれないのです。たいへんめずらしいくだもので、はるか遠くからこのももをさがしにやってくる者もいるようです」

ツノメドリの侍女《じじょ》が、やさしく説明しました。

ルウ子は、このツノメドリなら相手をしてくれるだろうと見こんで、テーブルにちょっと身をのりだしました。

「あの、聞きたいんだけど。サラ……この子が、どうして、鳥の姫《ひめ》なの？」

すると、二羽のツノメドリの侍女《じじょ》たちはおどろいたようすで顔を見あわせ、しきりと首をかしげました。

「……姫《ひめ》さま、おつきの者が、なにかしゃべっていますが？」

なんとツノメドリたちときたら、おずおずと、サラに質問をするのです。サラは、半分食べたももをにぎったまま、とまどいはてた顔をしています。ルウ子はしかたなく、無言《むごん》でなんどもうなずくというあいずを、サラに送りました（「はやく、お返事をしなさい」という意味です）。

「あの、えっとね、お姉ちゃんはね、なんで、サラが鳥の姫《ひめ》ってなったの、って、聞いたのよ」

テーブルについている鳥たちが、いっせいに笑いました。なにがおかしいのか、ルウ子にもサラにもわかりません。オウム頭の人が、コップの底でコンコンとテーブルをたたきました。

「ここは、わたくしどもの鳥の国です。ゆたかな水にめぐまれ、まわりはというと、はてのない砂漠《さばく》にかこまれています。われわれをおびやかす存在《そんざい》は、まずここへはやってきません。砂漠桃《さばくもも》をもとめてくる者はありますが、それとても、幾年《いくねん》かにいちど、もののわかった商人がやってくるだけです」

オウム頭の人は、おだやかな声で話しました。

「そして、鳥の国に五年ごとに生まれるのが、鳥の姫《ひめ》さまです。飛ぶことのできない鳥びとの国に、姫《ひめ》さまはただおひとり、空飛ぶ力を持って生まれておいでになるのです。鳥の姫《ひめ》さまは、タマゴの中から、白い翼《つばさ》でできた傘《かさ》を抱《だ》いて出てこられる。そしてその傘《かさ》でこそ、鳥の姫《ひめ》さまであることがわかるのです。高貴《こうき》な翼《つばさ》からつくられた、天傘《あまがさ》をあつかうことができるのは、鳥の姫《ひめ》さまただおひとりだけです」

(この鳥びとたち、かんちがいをしてるんだわ)

ルウ子とサラは、無言《むごん》で目を見かわしました。サラの持っている傘《かさ》は、サラがついさっき、〈夢の力〉でこしらえたものです。〝天傘《あまがさ》〟なんて名前もありませんし、なによりサラは、鳥のお姫《ひめ》さまの持ちものをまねしたのではなくて、この傘《かさ》を、自分で考えだしたのです。

「五年ごと、って言ったけれど、前の鳥の姫《ひめ》は、どこにいるの?」

また無視《むし》をされるかもしれないと思いながら、ルウ子は聞きました。すると意外なことに、鳥びとたちが一瞬《いっしゅん》、ぎくりと身動きを止めたのです。みんながはく製《せい》になったみたいにこわばり、ルウ子たちをぎょっとさせました。

いちばんに動きをとりもどしたのは、オナガの頭をした鳥びとでした。オナガ頭の鳥びとは、小さなくちばしをふるわせ、両手で顔をおおうと、わっと泣きだしました。

「かわいそうな、前の姫《ひめ》さま!」

つぎにはカラス頭の鳥びとが、いまわしい記憶《きおく》にたえるようにこぶしをにぎりしめて、声をしぼりだしました。

「先代の鳥の姫《ひめ》さまは、おつとめの最中に、かどわかされてしまったのです。まだ幼《おさな》かったというのに、おいたわしい」

カラス頭の鳥びとのことばを、オウム頭の鳥びとがひきつぎました。

「鳥の姫《ひめ》さまのお役目は、〝物見《ものみ》〟です。ゆいいつ、空を飛ぶ力を持った鳥の姫《ひめ》さまが、上空から、国をおびやかすものが来ないかどうかを、見張るのです。先代の姫《ひめ》さまも、生まれてまもなく、そのおつとめにつかれました。天傘《あまがさ》で風をつかんで、それはそれは、かろやかに飛んでおられたのです。ところが……姫《ひめ》さまは、そのお役目のとちゅうで、自在師《じざいし》につれさられてしまわれました」

「えっ」

ルウ子もサラも目をまんまるにして、思わず声をあげました。

オウム頭の鳥びとは、ルウ子たちが自在師《じざいし》ということばにおどろいたのだとは気づかずに、つづけました。

「先代の姫《ひめ》さまは、なかんずく、物見《ものみ》の力にひいでておいででした。遠くまで目がきくことはもちろん、砂漠《さばく》にすむサソリや狐《きつね》――われわれ以外の生きものがどう動くのかも、手にとるように読みとることがおできだったのです」

ペリカン頭の鳥びとが、大きなくちばしで話をひきつぎました。

「そう、まるで姫《ひめ》さまは、星を読むかのごとくに、砂漠の動きを読んでおられましたな。砂嵐《すなあらし》が来ることを、ふた月も前に察知されたこともありました。それだというのに……自在師《じざいし》が来ることだけは、お気づきにならなかった」

「自在師《じざいし》の動きを読むことなど、何人《なんびと》にもできはしませんよ。ましてや、幾千年《いくせんねん》もただ星を読んで暮《く》らすわれわれにとって、あのような……」

フクロウ頭の鳥びとの声は、くぐもって小さいけれど、おく底《そこ》が怒《いか》りのためふるえていました。オウム頭の鳥びとが、黄色い目になげきの色をやどします。

「自在師《じざいし》とは、異変《いへん》を呼《よ》ぶ者。われわれのまもるしきたりや、物事のしぜんなうつろいに、とつじょとして介入《かいにゅう》し、むりやりに流れをかえてしまうのです。その暴力は、火山の噴火《ふんか》のごとしともうせましょう」

「いやいや、火山などという偉大《いだい》なものに、たとえるものではない。あれはまるで、秩序《ちつじょ》をゆがめる悪魔《あくま》です」

カラス頭の鳥びとの首すじの羽毛《うもう》が、ふうっと逆立《さかだ》ちました。

「で、でも、自在師《じざいし》って女の子じゃないの？　魔法使《まほうつか》いみたいな……」

鳥びとたちの静かな怒《いか》りに、ルウ子はひどくとまどいながらたずねました。ルウ子のことばに、オウム頭の鳥びとはあごに手をそえて、すこしばかり考えました。

「たしかに。先代の姫《ひめ》さまをさらった自在師《じざいし》は、人間の女の子のようなすがたをしていました。が、あれが自在師《じざいし》の正体ではないのです。自在師《じざいし》とは、さまざまな時代、さまざまな場所にあらわれては、魔法《まほう》をあやつって世界を変化させてしまう、その力のことをいうのです。力をあやつる者のすがたはきまっておらず、以前には、死神《しにがみ》のすがたをとってあらわれたこともあるといいます」

「ほろびと不幸をもたらす疫病神《やくびょうがみ》、それが自在師《じざいし》です」

フクロウ頭の鳥びとが、ため息といっしょにことばをはきだすと、だまっていたほかの鳥びとたちも、いっせいにしゃべりだしました。

「そうです、あの、わざわいの申《もう》し子《ご》め。われわれの姫《ひめ》さまに、いったいなんのうらみがあったというのだろう」

「どの星座《せいざ》も、われわれの罪《つみ》とがをしめしてはいない。それだのに、姫《ひめ》さまをさらうとは、自在師《じざいし》はわれわれらをほろぼそうとしているのだ」

「自在師《じざいし》をこそ、世界から追わねばなるまいに」

鳥びとたちのあいだに、見えない敵を威嚇《いかく》するようなさわぎが起こりました。それぞれに鳥の声で、ギィギィ、チョンチョン、ピチピチピチと、さわぎたてます。

鳥びとたちが、ブンリルーのことをあんまりひどく言うので、ルウ子は自分の胸《むね》の中に、もつれたひっかかりができたのを感じました。たしかに、ぶきみでこわい女の子ではありましたけれど……なにも、みんなして、こんなに悪《あ》しざまにののしらなくたって、いいではありませんか。

オウム頭の鳥びとが、手をあげてみんなをしずめると、静かな、悲しみをひめた声で、サラにむかって言いました。

「あたらしい鳥の姫《ひめ》さま。鳥の国は、先代の姫《ひめ》さまをうしなって、静かにほろびかけております。書庫はやぶられ、果樹園《かじゅえん》も半分がうしなわれました。毒《どく》によるけが人があとをたたず、このままでは薬がなくなります。みな、姫《ひめ》さまの物見《ものみ》がなかったために、砂漠《さばく》にひそむサソリやヘビに襲《おそ》われたのです」

サラは、まっ青な顔をしています。　食べかけのももも、テーブルに落としてしまっていました。ルウ子も、血の気がひくのを感じました。鳥びとたちのただならないようす——それは、自分たちの国を、外敵に襲《おそ》われてしまったためだったのです。自在師《じざいし》が鳥の姫《ひめ》をさらい、見張り役がいなくなったために。

「われわれは、このオアシスで、ただ星を読み、植物の世話をして暮《く》らしています。サソリともヘビとも狐《きつね》とも、戦うすべは持ちません。同時に、オアシスを出ることのないわれわれを不必要にねらうけものもまた、ありません。姫《ひめ》さまのご守護がありさえすれば、鳥の国は安泰《あんたい》でした——が、秩序《ちつじょ》は、やぶられました」

ルウ子の耳のおくで、ピリピリと恐怖《きょうふ》が泡立《あわだ》ちました。建物のかべをうめつくす星座《せいざ》の図が、ぜんぶこちらを見張っているような気がします。

「空腹《くうふく》をみたされましたなら、ぜひとも、すぐにおつとめを。空から敵を見張り、正しく、鳥の国をおおさめください」

ガタッと椅子《いす》を鳴らして、ルウ子とサラは立ちあがりました。鳥の国が安全だなんて、うそだったのです。この国はまるで、危険《きけん》でいっぱいの砂漠《さばく》にぽつんとほうりだされた、鳥かごと同じです。その鳥かごの金網《かなあみ》はやぶれ目だらけで、だれかが見張っていなければ、鳥たちをねらうものがいつでも入ってこられるのです。

そして……ルウ子たちがつれられてきたこの中庭も、鳥かごと同じでした。サラの両わきには、二羽のツノメドリの侍女《じじょ》が石像《せきぞう》のようにひかえていますし、テーブルにはほかの鳥びとたちが、ひしめくようにふたりの女の子をとりまいていて、逃《に》げるすきなどありません。

くだものも水も、口にしなければよかったと、ルウ子は後悔《こうかい》しました。罠《わな》にかかったことに気づいて、心がけもののように暴れだします。

「さあ、まいりましょう」

オウム頭の鳥びとが、席を立ちました。ツノメドリの侍女《じじょ》たちがそれにしたがって、サラのうでをかかえこむようにして立ちあがります。

「やだ、待って、サラは、お姫《ひめ》さまじゃないもん！」

必死でうったえるサラの声など、鳥びとたちの耳には入っていないようです。つれてゆかれるサラを、ルウ子はあわてて追いかけました。

「ちがうって言ってるでしょう！　サラに、乱暴《らんぼう》しないで！」

ルウ子の声もむなしく、オウム頭の鳥びととツノメドリの侍女《じじょ》たちは、どんどん進んでゆきます。ほかの鳥びとたちも、ルウ子のあとから、ぞろぞろとついてきます。

いくつも階段《かいだん》をのぼり、廊下《ろうか》をわたりました。広間をつっきって小さな部屋を通りぬけ、また、階段《かいだん》をのぼります。やがて、ひとり通るのがやっとの、せまいらせん階段《かいだん》にさしかかると、あとはもう、のぼってゆくばかりになりました。

悪い夢を見ているんだと、ルウ子はなんども思いました。息があがって、長靴《ながぐつ》の足はもつれそうになりましたが、必死で、サラについてゆきました。

ツノメドリの侍女《じじょ》たちにつれられたサラを先頭に、やってきたのは、建物のいちばん高いところにあるテラスでした。テラスとはいっても、足場はひどくせまく、手すりもありません。ドアのない出口から、そのテラスは直接に砂漠《さばく》の空へつながっているのです。

「さあ、姫《ひめ》さま、お飛びください」

風に髪《かみ》の毛《け》をなぶられながら、サラは、息をはずませています。そこはたいへんな高さで、夜空にこまやかな刺繍《ししゅう》をいろどる星の息づかいが、感じられそうなほどでした。サラは、不安そうにオウムをふりかえりました。

「サラが見張ってないと、ここへ、こわいものが来る？　だれかが、けがをしちゃう？」

問いかけに、オウムの頭が、痛々《いたいた》しいほどの静かさで、うなずきました。

「わたくしどもは、たいへんにちっぽけなのです。姫《ひめ》さまの物見《ものみ》のご守護なくして、生きてゆくことはできません」

「サラ、どうだっていいでしょう。こんな、勝手な鳥たちのことなんて……」

ルウ子の声はかすれていて、鳥びとたちには、聞きとれなかったようでした。

サラはこんどは、きゅっとまゆ根《ね》をよせて、ルウ子の顔を見つめました。ルウ子は、どんなあいずもかえすことができませんでした。サラが、鳥びとたちを気《き》の毒《どく》がっているのがわかったのです。だれかが見張っていなければ、鳥びとたちはサソリやヘビといった危険《きけん》から、身をまもることができないのですから……そして、そのたいせつな見張りの役目をはたす者こそ、サラだと思いこんでいるのですから。

「あのね」

白い長靴《ながぐつ》をはいたつま先まで、きちんとオウムの鳥びとのほうへふりかえって、サラは、しっかりと顔をあげました。

「サラが、さがしてきてあげる。フルホンさんに聞いたら、きっと知ってるもん。フルホンさんは、いま病気だから、はやくなおしてあげて、それで、聞いたげる。鳥のお姫《ひめ》さま、きっと見つけてくるからね、きっとよ」

ひと息にそう言うと、サラはサッとルウ子のほうへかけよってきました。ひかえていた侍女《じじょ》たちは、きゅうに走ったサラに、のばした手がとどきませんでした。サラは、ルウ子の手をつかむと、その手をひっぱって、まっすぐにテラスへ走りました。オウムとツノメドリのおどろいた顔が、ルウ子の目のはしをすぎさってゆきます。

「とんでけっ！」

せまいテラスはほんの二歩でとぎれ、足の下をささえるものが消えるや、白い羽の傘《かさ》をかかげて、サラがさけびました。

妹の手につかまってふわりと宙《ちゅう》に浮《う》きながら、ルウ子は、サラの声はなんてりりしくひびくんだろう、とおどろいていました。りりしくて勇ましい、ほんとうのお姫《ひめ》さまみたいな声です。

宇宙《うちゅう》とそのままつながった色をした星空に、ふたりは高く高く、舞《ま》いあがりました。

鳥びとたちのオアシスがキャラメルの箱ほどに小さく遠のくまで、うんと高くのぼると、傘《かさ》は風にのって、移動をはじめました。こんどは、暗闇《くらやみ》のトンネルから逃《に》げたときのような猛《もう》スピードではなく、渡《わた》り鳥《どり》がはるか遠くをめざすような、静かで、ゆるぎない飛び方でした。

ルウ子は、なにかが大きくかわってゆく予感がして、なにも口をきくことができませんでした。

(かわっちゃうんだわ、なにか、ものすごく大きな力がはたらいて。なにが、っていうのは、わかんないけど。サラや、ほかのみんなや、身のまわりのこと、ぜんぶ。あんまりにかわって、いままでどおりのことのほうが、すくなくなっちゃうんだ、きっと)

七　リンゴリンガ鉄道

いったい、この砂漠《さばく》は、どこまでつづいているのでしょう。ふくざつな星座《せいざ》の刺繍《ししゅう》がされた空の下、真珠色《しんじゅいろ》の砂《すな》の海原《うなばら》は、まったくはてがないかに見えます。

空を見あげても、見たこともない星座《せいざ》ばかりで、星が動いているのかどうか、よくわかりません。鳥の国を出てから、えんえんと淡《あわ》い色をした砂《すな》のつらなりを見おろしながら、ルウ子とサラは飛んでいました。

（舞々子《まいまいこ》さんたちは、もう、火山コショウを見つけたかしら？　いまごろ、どこにいるんだろう。フルホンさんは、ちょっとでもぐあいがよくなってるかしら。……あーあ、あたしたちが、いまここにいるってこと、だあれも知らないんだわ）

そう思うと、ルウ子はちょっと泣きそうになりました。

サラはというと、きゃしゃな傘《かさ》の柄《え》とルウ子の手をしっかりとにぎり、どこか、うんと遠くを見つめています。その横顔は、泣き虫の小さな妹とはまるで別人です。気高《けだか》くてゆるぎない、白い翼《つばさ》のふさわしい女の子……だから、鳥びとたちはサラをお姫《ひめ》さまだと思いこんだのかもしれません……

そんな気持ちでいたものですから、サラがいつもの甘《あま》ったれな声をあげたときには、ルウ子はずいぶんと、びっくりしました。

「見て、お姉ちゃん、あれ！　道路？　あっ、煙《けむり》！」

見ればむこうに、白い砂《すな》の上を走る、一本の黒い線があります。あんまり高く飛んでいるものですから、その線は、上等の紙に定規《じょうぎ》でひいた、なにかのしるしのように見えます。その一本線の上を、たしかに細い煙《けむり》をたなびかせながら、なにかが移動してゆくのです。

ほどなく、ふたりの目に、それが線路を走る汽車であることがわかりました。

「汽車だ！」

サラのいつもとかわらない声に、ルウ子はこっそり胸《むね》をなでおろしました。

「行ってみましょう」

近づくにつれ、すばらしい長さをしたその列車の、深みのある赤色が目をおどろかせました。煙突《えんとつ》から鉱物《こうぶつ》のようにきらめく煙《けむり》をたなびかせ、汽車の窓《まど》からこぼれる明かりが、夜の砂漠《さばく》を照らしています。

翼《つばさ》の傘《かさ》はゆるやかに宙《ちゅう》をくだって、ルウ子たちはすぐに、ハチミツ色の明かりをはなつ車窓《しゃそう》とならびました。車窓《しゃそう》のむこうには、長い旅行を楽しむ人々のくつろいだようすが見てとれます。ある者はトランプで遊び、ある者は青ワインを飲み、またある者は旅行記をつけていましたが、窓《まど》の外にとつぜんあらわれたふたりの空飛ぶ女の子に、みんな目をみはって窓を開けました。

キキ――――ッ！

空がきしむようなブレーキ音をたてて、汽車が止まります。

ルウ子とサラは、どきどきしながら傘《かさ》につかまっていました。汽車の走るのを

じゃましたと、怒《おこ》られるのにちがいありません。

ところが……汽車の扉《とびら》から出てきたのは、まったく、思いもよらない人物でした。

さいしょは、汽車の扉《とびら》が、プッと煙《けむり》をはいたのかと思われました。はきだされた白い煙《けむり》は、フワリと宙《ちゅう》を飛んできて、大きなクラゲそっくりのすがたをあらわしました。クラゲの大将のような、青白い体、短い触角《しょっかく》のようなうで、鬼火《おにび》じみて光る目玉をしたそれは、かん高い声でさけんだものです。

「やあ、きみたちじゃないの！　どうしたのよ、こんなところで？」

それは聞きまちがえようもなく、ルウ子とサラのよく知っている声でした。

「ヒラメキ！」

「ヒラメキ幽霊《ゆうれい》さあん！」

汽車から出てきたそれこそは、〈雨ふる本屋〉ではたらく作家の幽霊《ゆうれい》、ヒラメキだったのです！

幽霊《ゆうれい》は、自分の体をビニールのように横にのばして、ルウ子とサラを待ちかまえると、傘《かさ》ごとふたりを抱《だ》きしめました。

「あんたこそ、どうしてここにいるの？」

幽霊《ゆうれい》から顔をひきはがすと、ルウ子はいそいでたずねました。サラも背《せ》のびをして、負けじとうったえます。

「あのね、サラたち、すっごかったのよ！」

幽霊《ゆうれい》は、どちらから先にこたえたものかと迷ったようでしたが、サラの頭をぽんぽんとなでて、ふたりの女の子をなだめました。

「窓《まど》から、飛んでるきみたちが見えるんだもん、わがはい、たまげちゃった。お願いしてね、汽車をちょっと止めてもらったのよ、ここは駅じゃないけれどね。きみたち、ふたりだけで来たのね？　フルホンさんたちは、どうしたのよ？」

たずねられて、ルウ子たちはだまりこみました。まさか幽霊《ゆうれい》に会えるなんて思っていなかったので、ことばがのどのおくで、もつれてしまったのです。幽霊《ゆうれい》はふたりのまごついたようすに、口をすぼめましたが、すぐに笑顔にもどると、フンととくいげに、鼻息をつきました。

「そうそう。わがはいはね、執筆《しっぴつ》旅行中なのだ！」

腰《こし》に手をあてて、ふんぞりかえります。そのようすときたら、ルウ子たちがこれまで味わってきた恐怖《きょうふ》も、たいへんさも、シャボン玉よりかんたんにはじき消してしまいそうでした。

「ヒラメキ、あたしたち、〈雨ふる本屋〉へもどりたいの――」

ルウ子が、身をのりだしたときでした。汽車から、あわてたようすの男の人がかけだしてきたのです。りっぱなひげがくるんとねじれて、汽車と同じくまっ赤な服を着ています。頭にかぶった帽子《ぼうし》もまっ赤、手袋《てぶくろ》だけは、しみひとつない白です。

どうやら、この汽車の車掌《しゃしょう》さんです。

「ただちに、おもどりください！　ほかのお客さまのご迷惑《めいわく》です。それともここで、おりられますか？」

赤い制服に、金ボタンをピカピカさせた車掌《しゃしょう》さんは、太いまゆをつりあげて怒《おこ》っています。金粉《きんぷん》をふいたような濃《こ》い色の肌《はだ》をして、まるで、まだ熱い金属でできた像が、動いているみたいです。

幽霊《ゆうれい》は、すくみあがるように車掌《しゃしょう》さんをふりかえり、あわてて頭をさげました。

「の、のります、のるのよ。あのぅ、この子たちふたりも、いっしょにのっていいかしら?」

車掌《しゃしょう》さんは、まっ黒な目でちらりとルウ子たちを見ると、獅子鼻《ししばな》からフン、と、ほんとうの煙《けむり》をすこしばかりはき、幽霊《ゆうれい》に視線《しせん》をもどしました。

「おのりいただいてかまいませんが、切符代《きっぷだい》は、きちんとおしはらいいただかなければ」

幽霊《ゆうれい》は、もう、地べたにはりつかんばかりにペコペコと頭をさげています。

「はい、はい、それはもちろん、わがはいが……」

「では、さあ、おいそぎください。なんと! 九分二十六秒のおくれです!」

懐中時計《かいちゅうどけい》をにらみながら、車掌《しゃしょう》さんが大また歩きで車内へもどります。

「さ、行こうよ」

幽霊《ゆうれい》が小さな声でルウ子とサラをうながし、三人も、汽車にのりこみました。

なんとたくさんの乗客が、車輛《しゃりょう》の中にひしめいていることでしょう。ふたりがけの座席《ざせき》に、三人がおしりをならべているところもあれば、荷物でたわんだ網棚《あみだな》に毛布をしいて、そこにおさまっている旅行者もあります。見慣れないすがたをしたたくさんの旅人と、通路にはみださんばかりの雑多な荷物……汽車の中は、まるでたらめなおもちゃ箱です。

乗客たちはみんなめいめいに本を読んだり、かけごと遊びをしながら、ルウ子たちをめずらしそうに盗《ぬす》み見ます。鳥もいれば、小鬼《こおに》もいます。キリンのように首の長いご婦人や、頭に虫の翅《はね》がはえた男の子と女の子。太った学者猫《がくしゃねこ》に、一心に刺繍《ししゅう》をしている羊……ふしぎなお客たちのあいだを、ルウ子とサラは、とにかく幽霊《ゆうれい》からはぐれないよう、いそぎ足で歩きました。

「この列車はね、リンゴリンガ鉄道っていうんだ」

ふわふわと宙《ちゅう》に浮《う》いて通路を進みながら、幽霊《ゆうれい》が説明しました。

「地面のあるところなら、世界じゅう、どこへだって行けるっていう、すぅごい鉄道なのよ。わがはい、この汽車にのって、もう湖上《こじょう》マーケットの遺跡《いせき》にも行ったし、ねじりケ峯《がみね》と砂糖《さとう》の城《しろ》も見たし、結晶海《けっしょうかい》もわたってきたのよ」

やがて幽霊《ゆうれい》は、ひょいとむきをかえると、

「ここだよぅ」

と手をあげて、座席《ざせき》へすべりこみました。ルウ子たちも、あわててつづきます。ビロード張りの座《ざ》席《せき》は、かたすみにわずかなすきまがあるだけで、あとは荷物でうもれてしまっています。

幽霊《ゆうれい》は、ばらばらにひろがった

原稿用紙《げんこうようし》をトランクにむりやりおしこみ、おみやげものの箱や食べかけのお菓子《かし》をどうにかかべぎわにつみあげて、ルウ子とサラの座《すわ》る場所をつくりました。

まっ先に腰《こし》をおろしながら、幽霊《ゆうれい》はずんだようすで身をのりだします。

「いったい、なにがあったのか、話して聞かせてよ」

ルウ子は、座《すわ》りながら、なにから話せばいいのかと、しばらく考えました。サラは、幽霊《ゆうれい》の荷物の中の、チョコレートの箱に目をくぎづけにしています。幽霊《ゆうれい》はサッとその箱を開けて、サラに中身をわけてあげました。

と、荷物のいちばん上に置いてあったマッチ箱が、コトコトとゆれたかと思うと、ひとりでに開きました。中から細い足が幾本《いくほん》ものぞき、すがたをあらわしたのは、一匹《ぴき》の大きなクモです。箱からはいだしたクモは、ルウ子たちが見ている前で、おしりから糸をくりだしはじめます……するとどうでしょう、銀色の糸が、文字になってゆくではありませんか。

『ルウ子チャン、サラチャン。ドウヤッテ、ココヘ？』

「――舞々子《まいまいこ》さん！」

そうです、舞々子《まいまいこ》さんの半分の半分が、幽霊《ゆうれい》といっしょにいるはずなのでした。

それがこのクモなのだと、足の動かし方の優雅《ゆうが》なこと、銀の糸の美しいことから、ルウ子はすぐにわかったのです。

『エエ、ワタクシデス』

あたらしい糸をするするとたらして、クモがこたえます。

『〈雨フル本屋〉デ、ナニカアッタノデスカ？』

糸で形づくられる美しい文字と、その文章の落ちついたやさしさが、ルウ子とサラをどんなにほっとさせたでしょう。

「あのね、あのね、舞々子《まいまいこ》さん――」

ルウ子はつっかえながら、起こったことを話しました。フルホン氏のかぜのこと、舞々子《まいまいこ》さんと電々丸《でんでんまる》が火山コショウをさがしに行ったこと、ブンリルーというなぞの女の子があらわれたこと……

「それでね、サラのこと、お姫《ひめ》さまとまちがえたのよ。でもね、サラ、ほんとうのお姫《ひめ》さまをさがしてきたげる、って、やくそくしたの」

サラは、どこかとくいげに言って、ルウ子にため息をつかせました。

ぽかんと口を開けて聞いていた幽霊《ゆうれい》は、ルウ子たちが話しおえると、頰《ほお》をぎゅっとおさえて座席《ざせき》から飛びあがりました。

「た、た、たいへんじゃないの！　こうしちゃいられないよ、すぐに、〈雨ふる本屋〉に帰らなきゃ！」

天井《てんじょう》に頭をくっつけて、うろたえています。

「この汽車で、もどれるの？」

『ソウデスネ、ココハ、オ店カラズイブン遠イデスカラ……マズハ汽車デ、近クマデモドラナクテハ』

舞々子《まいまいこ》さんの糸が、こたえをつづりました。

ルウ子は知っている人に会えたこととと、やわらかくしっかりとした座席《ざせき》に座《すわ》っていられることで、しずみこむように安心していました。となりを見ると、サラが、いまにも寝《ね》てしまいそうに頭をぐらぐらさせています。

「サラ、レインコートをぬいどきなさい」

ルウ子は言って、半分眠《ねむ》りかかっているサラがレインコートをぬぐのを、手伝いました。ルウ子も自分のうす緑のレインコートをぬぐと、ひざの上にまるめて、そのあとはもう、おぼえていませんでした。ルウ子がサラより先に寝《ね》てしまったので、サラの目がさえて、舞々子《まいまいこ》さんと幽霊《ゆうれい》をしばらくてこずらせたことも、知りませんでした。

八　思いがけない再会

あくる朝、窓《まど》の外の景色はすっかりかわっていました。

銀砂《ぎんさ》の星がめぐる夜空と砂漠《さばく》はとうにすぎさり、汽車はいま、ひろびろとした海辺の崖《がけ》の上を走っています。

「お姉ちゃん、おなかすいたよう」

サラが、座席《ざせき》の上で足をバタバタさせます。

「待って。ヒラメキが、朝ごはんをとりに行ってくれたじゃないの」

そうこたえておいて、ルウ子は、窓《まど》に巣を張った舞々子《まいまいこ》さんにたずねました。

「じゃあ、あっちの舞々子《まいまいこ》さんと電々丸《でんでんまる》は、まだ火山コショウを見つけていないのかしら？」

舞々子《まいまいこ》さんが、巣の上に糸で返事をつづります（こうしたほうが、いちどにたくさんの文章を書くことができるのでした）。

『エエ、オソラク……ブンリルーチャンガ言ッタコトガホントウナノカ、ルウ子チャンタチノオ話ヲ聞イテイルト、ワカラナクナルワネ……』

細くきらめくクモの糸は、どこか残念がるようにふるえました。むりもありません。舞々子《まいまいこ》さんはブンリルーのことを、本が大好きな女の子、〈雨ふる本屋〉のあたらしい常連客《じょうれんきゃく》だと信じていたのですから……もう一方の舞々子《まいまいこ》さんのようすを、知ることができればいいのですが、ふたつにわかれた舞々子《まいまいこ》さんがもとのひとつにもどるまで、それはできないようです。

「だけど、電々丸《でんでんまる》のほうが、先に言ったのよ。絶滅《ぜつめつ》かぜには、火山コショウが効くんだ、って」

ガラスのように光る糸は、ため息でもつくみたいに、こまかくゆれます。

『電々丸《でんでんまる》ハ、ソレヲ、ナニデ知ッタンデショウカ。ドウモ、イヤナ予感ガシマスワ。

ミンナシテ、ドンドン、迷路《めいろ》へ迷イコンデユクヨウナ……』

舞々子《まいまいこ》さんのこたえは、海辺の朝の光を透《す》かして、きらきらとかがやきます。美しい糸の細工《さいく》が、ルウ子を不安にさせました。

「そうだ、舞々子《まいまいこ》さん！　ホシ丸くんは、どこにいるの？　まさか、ほっぽり森のバクに食べられてやしないわよね？」

ほっぽり森には、夢を食べて暮《く》らすバクがすんでいて、人間の夢そのものであるホシ丸くんは、いつもねらわれているのです。

『ホシ丸クンナラ、マタイツモノ、遠出ノ冒険《ぼうけん》ヲシテイルンデショウ。モシ、〈雨フル本屋〉ヘヤッテキテ、フルホンサンガ病気ナノヲ知ッタトシテモ……アンマリ、アテニデキナイノハ、ルウ子チャンモ知ッテノトオリヨ』

ルウ子は、ため息をつきました。ホシ丸くんが、もしいま、〈雨ふる本屋〉へやってきたとして……絶滅《ぜつめつ》かぜをひいたフルホン氏をからかって遊ぶようすが、ありありと想像できました。ホシ丸くんが冒険《ぼうけん》に出ていて、たすかったのかもしれません。

けれど、遠からず、ホシ丸くんは〈雨ふる本屋〉へ帰ってくるでしょう。なんといっても、ホシ丸くんほど舞々子《まいまいこ》さんのお茶とお菓子《かし》を楽しみにしている者は、ないのですから。〈雨ふる本屋〉へやってきて、病気のフルホン氏と、シオリとセビョーシしかいないと知ったら、ホシ丸くんは、どんなにかがっかりするでしょう。

「あっ、帰ってきた！　ヒラメキ幽霊《ゆうれい》さあん！」

サラがさけんで、通路に身をのりだしました。大荷物をかかえた幽霊《ゆうれい》が、よろよろともどってくるところです。

「おうーい、お待たせ、朝ごはんだよぅ」

幽霊《ゆうれい》は、白い厚紙のつつみとマグカップがのったお盆《ぼん》をふたつかかえ、おまけに、わきには原稿用紙《げんこうようし》のたばをはさんでいます。

「さあ、食べようよ」

よいしょ、よいしょと言いながら、幽霊《ゆうれい》はふたつのお盆《ぼん》を、それぞれルウ子とサラにわたします。甘《あま》くいいにおいが、ルウ子たちのおなかをきゅうと鳴らせました。

のっている朝ごはんは、三人ぶんです。幽霊《ゆうれい》は自分のぶんをひょいひょいととって、トランクの上にのせ、さっそく食べはじめます。

サラもあわててそれにならい、ルウ子も、お盆《ぼん》にのっていたフォークをとりました。マグカップの中にはハチミツ入りのあたたかい牛乳《ぎゅうにゅう》、白いつつみの中には、バニラホイップのかかった焼《や》きリンゴが入っていました。それに、ねじりパンと真珠《しんじゅ》色《いろ》のバタがついていて、もうしぶんのない朝ごはんです。

「これ、買ってきたのよね。お金はだいじょうぶなの？　あたしたちがのったぶんの、汽車賃《きしゃちん》も」

ふと心配になって、ルウ子は幽霊《ゆうれい》と舞々子《まいまいこ》さんをかわりばんこに見やりました。するとと幽霊《ゆうれい》は、焼《や》きリンゴをペロリとまる飲みにしてしまいながら、ペチョッと胸《むね》をたたいてみせました。

「そんなことなら、きみたちは、気にしなくっていいのよ。わがはいがついてるんだから、大船にのったつもりでいてよ」

すきまの世界のことですから、お金をはらうのではないかもしれないと、ルウ子は思いました。この世界では、めずらしい品物と交換《こうかん》で商品を買ったり、ルウ子がなんども買い物をしている七宝屋《しっぽうや》では、〝その商品を買わなかった場合の未来〟をさしだすことで、品物を手に入れられるのです。

「ところで、サラちゃんのその傘《かさ》、ほんとうにいいよねぇ」

手についたみつをなめとりながら、幽霊《ゆうれい》が、感心したようすで言いました。

サラは、ちょっと頰《ほお》を赤くしながら、ほこらしげに笑顔を浮《う》かべます。白い翼《つばさ》の傘《かさ》は、折りたたんでサラの座席《ざせき》に立てかけてあります。白い羽にはふっくらと張りがあり、きゃしゃな銀の柄《え》は傷《きず》ひとつなく光っていて、ほんとうに、いくらながめても、美しい傘《かさ》でした。

サラがうれしそうに背《せ》すじをのばしているのを見て、ルウ子はすこし、くちびるをとがらせました。手がひとりでに、ポケットをさわります。中にはやはり、ノートだけで、ペンはありません。

（あたしだけ、なんにもできないわ……）

杖《つえ》をなくした旅人は、こんな気持ちでしょうか。そういえば、あのブンリルーという女の子も、細い杖《つえ》を持っていました。杖《つえ》の形をした、大きなペンを。背中《せなか》におぶさってくる不安を追いはらうため、朝ごはんがおわると、ルウ子は舞々子《まいまいこ》さんにたずねました。

「すこしだけ、散歩してきてもいい？」

「サラも！　サラも行くの！」

サラは大声で言って、いそいで口のまわりのみつをふきました。服のそででふいたものですから、そでがべったり汚《よご》れています。

舞々子《まいまいこ》さんのクモの糸は、『イッテラッシャイ』と言ってくれました。

ルウ子とサラは一列になって、リンゴリンガ鉄道の汽車の中を探検《たんけん》に出かけました。ちょっと歩くだけだというのに、サラは、翼《つばさ》の傘《かさ》をだいじそうに持ってきています。

ルウ子は、サラがちゃんとついてきているのを確認《かくにん》しながら、客室の中のようすや、ほかのお客たちをながめてまわりました。ほんとうに、なんとさまざまな人たちがのっていることでしょう。この汽車は、地面のあるところならどこまでも行けると幽霊《ゆうれい》が言っていましたが、みんな、どこへむかっているのでしょう。

サーカスの衣裳《いしょう》をまとった一行もいれば、星のように光るドレスを着た女の子もいます。ゾウの頭をした背広《せびろ》すがたの人は、静かに本を読んでいますし、巻紙《まきがみ》に外の景色をえんえんとスケッチしているサルもいます。〈真珠《しんじゅ》モルフォの標本《ひょうほん》〉とタグのついた、ほのかに光っているあのおみやげのつつみはなんでしょうか。くたびれた服を着た小オオカミの食べている、とかしキャラメルのついた揚《あ》げ菓子《がし》のおいしそうなこと――

ふと、ふりかえると、サラがだいぶおくれてついてきています。立ちどまって待とうとしたルウ子は、サラが、いやに真剣《しんけん》なまなざしで乗客たちをながめまわしているのを見つけて、まゆをつりあげました。

「サラ。あんまりじろじろ見ちゃ、迷惑《めいわく》でしょ。ほかの人たちは、見世物《みせもの》じゃないんだから」

追いつくのを待って、小声でしかりました。ところがサラは、おでこにしわをよせて、ルウ子をじろりとにらんできます。

「そんなのじゃないもん。サラ、鳥のお姫《ひめ》さまをさがしてるんだもん」

あっけにとられて、ルウ子は目をまるくしました。

「あんた、ほんとうに見つけようと思ってるの?」

あたりまえでしょう、と言わんばかりに、サラは迷わずうなずきました。

「見つけられると思う? 言っておくけど、あんな鳥たちのことなんて、ほうっておけばいいのよ。サラに、危険《きけん》な見張り役をさせようとしたのよ、自分たちが安全に暮《く》らすために。あたしたちは、いま、そんなのにかかわってるひまなんて、ないんだから」

しゃべりながら、なんていじわるな言い方だろうと、ルウ子は自分のことばがいやになりました。

あんのじょう、サラはもう、目にいっぱいの涙《なみだ》を浮《う》かべています。

「だって……鳥の……だもん。だって……」

とぎれとぎれにことばをしぼりだして、サラはまっ赤な顔で、ルウ子をにらみます。いつもなら泣きだしてしまうのに、サラは、涙《なみだ》をぐっとおしとどめて、怒《おこ》っているようでした。

「なによ。泣かなくったって……」

うろたえながら、どうにかサラをなだめようとしたときです。通路のむこうを、見たことのあるうしろすがたが歩いてゆきました。たてじまもようの着物に、おしゃれな紺《こん》の羽織《はおり》をはおった緑のカエルが、となりの車輛《しゃりょう》へ通じるドアをくぐっていったのです。あれは――

「あっ！」

ルウ子があげた声で、サラの怒《いか》りはひっこんだようでした。ルウ子を見あげ、ついで、そのルウ子が見ている先をふりかえります。

「なに？」

もう、カエルのすがたは、ドアにかくれて見えません。ルウ子は、サラの肩《かた》をおしながら前に出て、いま来た通路を早足でもどりはじめました。

「たぶん、まちがいないと思うんだけど——七宝屋《しっぽうや》さんがいたの！」

ちらりと見えたうしろすがたは、ルウ子たちがよく知る人物、〈雨ふる本屋〉の常連客《じょうれんきゃく》の七宝屋《しっぽうや》にちがいありませんでした。どうしてこんなところに？　とにかく、追いかけなくては。

——と、ルウ子の長靴《ながぐつ》の下で、くしゃっと、なにかのつぶれる音がしました。ぎょっと息を飲むと同時に、体がひとりでに動くのをやめました。こわごわ、足をあげると、くしゃくしゃにつぶれた小さな紙の箱があります。まっ白な紙でできた折り紙の箱は、宇宙《うちゅう》でしか通用しない桁《けた》をつかって計算された、精緻《せいち》な細工《さいく》だったのが、残骸《ざんがい》からでも見てとれました——その細工《さいく》をいま、ふんでつぶしてしまったのです。まちがいなく、ルウ子の足が。

「おやおや……これは、もとにもどせそうもない」

右側の座席《ざせき》から、しゃがれた声が聞こえました。声のほうを見ると、ぼろぎれのようなマントをまとった人物が、ルウ子を見つめています。

声の主は、頭も顔も、古びた布にかくしています。マントのかげのまっ暗闇《くらやみ》に、目玉だけが浮《う》かんでいるみたいで、ルウ子のうでに、とりはだが立ちました。

「ご、ごめんなさい！　あ、あの、あたし……」

しどろもどろのルウ子を、影《かげ》の中に浮《う》かぶふたつの目が、じっと見つめています。頭の中がまっ白におおって、ルウ子は動けなくなってしまいました。

そのとき、ぐいと、サラがひじをつかんでひっぱりました。サラの手が、ルウ子をその場からひきはがします。ふたりはほとんどかけ足で、逃《に》げだしました。

車輛《しゃりょう》をつなぐ扉《とびら》がピシャリと閉《し》まって、マントの人から見えなくなっても、サラはルウ子のうでをはなさないで、通路をどんどん進んでゆきました。……これではまるで、ルウ子のほうが妹になったみたいです。

ふたたび扉《とびら》をくぐり、マントの人の席から車輌《しゃりょう》ひとつをへだてたところまで来て、サラはやっと、ルウ子の手をはなしました。

「お姉ちゃん、だいじょうぶ？」

「え……？」

そう聞かれてはじめて、ルウ子は、自分が涙目《なみだめ》になっているのに気がつきました。

あわてて、うでで目をかくし、ごしごしとこすります。

「な、なによ。だめでしょ、ちゃんとあやまらずに来ちゃったじゃない」

「……だって、お姉ちゃんが怒《おこ》られちゃうと思ったんだもん。あの人、こわそうだったもん」

翼《つばさ》の傘《かさ》をうしろへかくすように持って、サラは、ルウ子の服をきゅっとにぎります。聞きなれない声とことばが客席のあちこちからひびく列車の中で、服をつかむサラの手は、ちっぽけなのに、ぜったいに安心な命綱《いのちづな》のむすび目のようでした。

ルウ子は、ズズッと鼻をすすって、その拍子《ひょうし》にしゃっくりまでしてしまいました。ずっととりついていたおばけが逃《に》げていったみたいに、やっと、サラの顔をちゃんと見ることができました。

「だけど、あやまってこなくっちゃ。だいじょうぶよ、あたし、行ってくるから。サラは、ヒラメキたちのところへもどってて」

ところが、ちょうどルウ子がきびすをかえそうとしたとき、のっぺりとした声が、足を止めさせたのです。

「おやおや、〈雨ふる本屋〉さんの、人間のお嬢《じょう》さんがたじゃありませんかな?」

通路に立って、こちらを見ているのは、きれいな折り目のついた着物を着、二本足で立っているカエル――さっきルウ子が追いかけようとした、七宝屋《しっぽうや》でした!

「いやあ、まさかこんなところでお会いするとは、奇遇《きぐう》ですな」

いかにもおどろいた、という口ぶりなのに、七宝屋《しっぽうや》の顔には、よゆうしゃくしゃくの、なぞめいた笑《え》みが浮《う》かんでいます。

七宝屋《しっぽうや》のいでたちは、いつもと同じ、紺色《こんいろ》の羽織《はおり》にたてじまの着物ですが、帯《おび》には閉《と》じたせんすをさし、足には黒い鼻緒《はなお》の下駄《げた》をはいています。

「し、七宝屋《しっぽうや》さん、やっぱり！」

ルウ子の声は、カエルのようにのどからとびだしました。

「どうして、この汽車にのってるの？　ヒラメキと舞々子《まいまいこ》さんがいるって、知ってたの？」

すると七宝屋《しっぽうや》は、表情の読めない金色の目をほんのすこしだけまるくして、「グワッ」と小さく鳴きました。

「おや、舞々子《まいまいこ》さんに、幽霊《ゆうれい》さんもご旅行中ですかな？　では、〈雨ふる本屋〉さんは、いまは休業中ですか」

どうやら七宝屋《しっぽうや》は、フルホン氏の絶滅《ぜつめつ》かぜのことを、知らないようです。ルウ子はじれったくなって、プルプルと頭をふりました。

「七宝屋《しっぽうや》さん、とにかく、いっしょに来て！　〈雨ふる本屋〉が——いいえ、すきまの世界ぜんぶが、たいへんなの」

三人になって、大いそぎで通路をもどるうちに、さっきのマントの人にあやまるのは七宝屋《しっぽうや》にちゃんと話をしてからにしようと、ルウ子は心の中の裏紙《うらがみ》みたいなかたすみに、あやふやなメモを走り書きしました。

七宝屋《しっぽうや》をつれて席にもどってくると、うんうん言いながら原稿用紙《げんこうようし》につっぷしていた幽霊《ゆうれい》が、びっくりしてとびあがりました。手もとにあった紙が、バサッと舞《ま》いあがります。

『マア、七宝屋《しっぽうや》サン、コンナトコロデ！　失礼ヲシテシマッタノジャアリマセンカ？〈雨フル本屋〉ガ、アンナ状態デ……』

舞々子《まいまいこ》さんが目にもとまらないはやさで糸をつむぎ、そこからルウ子たちは全員で、七宝屋《しっぽうや》にいまの〈雨ふる本屋〉がどうなっているかを説明しました。

七宝屋《しっぽうや》は、こんがらがった話の糸を飲みこむように、ピンク色の舌で自分の目玉をなめてから、ひろげたせんすでひらひらと顔をあおぎました。張りつめるように白いせんすには、ぷっくらと太ったオタマジャクシが、何匹《なんびき》も描《えが》かれています。

「いやはや、〈雨ふる本屋〉さんがそんなことになっていようとは、思ってもみませんでしたな。いつもお世話になっている身としては、すぐにでもフルホンさんのお見舞《みま》いに行きたいところですが……あたくしも、ちょいとのっぴきならぬ物さがしをしておりまして」

七宝屋《しっぽうや》がゆったりと自分の顔をあおぐたび、せんすのオタマジャクシが、ちょろちょろと泳ぎまわります。七宝屋《しっぽうや》はふしぎな品物を商《あきな》うお店の店主で、ルウ子のコウモリガッパも、この七宝屋《しっぽうや》で買いました。汽車にのっているのは、どうやらだいじな仕事のためらしいのです。

「……しかし、いやあ、舞々子《まいまいこ》さん。ふだんのおすがたもお美しいですが、こちらのおすがたも、なんとも……」

なんとも、おいしそうな――そう言いかかったことばを、カエルがゴクンと飲みこんだのは、あきらかでした。七宝屋《しっぽうや》は金色の目をクモからはぐらかし、こんどはサラのほうをむきました。

「それに、お嬢《じょう》さん。〈夢の力〉でつくられたというその傘《かさ》、じつにみごとな品です。ここまでつやのいい羽毛《うもう》は、不死鳥《ふしちょう》からでもわずかにしかとれません」

ううん、と、のびをしたのは幽霊《ゆうれい》です。

「ああ、こんなふうにみんなで座《すわ》って話していると、〈雨ふる本屋〉にいるみたいだよねえ！　わがはい、お茶が飲みたくなっちゃった」

クモのすがたの舞々子《まいまいこ》さんには、いつものように魔法《まほう》のテーブルクロスを出すことができませんので、幽霊《ゆうれい》のことばは、いっそうものほしそうにひびきます。

（ほんとうに、またもとどおりになるのかしら。あたしたち、ちゃんと帰れるのかしら）

もうずいぶんと、お店から遠くへ来てしまった気がします。ずっと思いださないようにしていたけれど、いまこうしているときにも、絶滅《ぜつめつ》かぜにかかったフルホン氏が、うっかり世界をほろぼしてしまうかもしれないのです。

と、ルウ子たちのいる座席《ざせき》を、ぬっとのぞきこむ影《かげ》がありました。ぎょろりと目を光らせているのは、ゆうべの車掌《しゃしょう》さんでした。馬用《うまよう》の歯ブラシみたいなまゆ毛をいかめしくよせて、ルウ子たちをじろじろと見ています。

「失礼。乗車賃《じょうしゃちん》のおうけとりは、きょうの日暮《ひぐ》れまでとさせていただいておりますが」

車掌《しゃしょう》さんの低い声に、のびのびと座席《ざせき》にもたれかかっていた幽霊《ゆうれい》は、「キャッ」とさけんで座《すわ》りなおしました。

「わ、わかってるよぅ。あんまり筆《ふで》がのるもんだから、えんぴつがちびちゃって……」

そう言うと、トランクからあたらしいえんぴつを出し、そらぞらしく口笛《くちぶえ》を吹《ふ》きながら、けずりはじめます。車掌《しゃしょう》さんは赤い制服の肩《かた》を大きく上下させて、鼻から金色の煙《けむり》を吹《ふ》きだすと、大また歩きで行ってしまいました。

どういうことかとまばたきをするルウ子とサラに、舞々子《まいまいこ》さんの糸がこたえます。

『コノ汽車ニノッテイルニハネ、乗客ハ、自分ノ〝ナニカヲツクル力〟ヲ、シメサナクテハナラナイノ。音楽家ナラ楽曲ノ演奏《えんそう》ヲ、画家ナラアタラシイ絵ヲ。幽霊《ゆうれい》サンハ、物語ヲ書イテ、乗車賃《じょうしゃちん》ヲハラッテイルトイウワケ』

ルウ子の口はぽかんと開いていました。仕事のさせすぎだと、フルホン氏とけんかをして旅に出たはずなのに、これでは、また原稿《げんこう》を書くために旅行しているようなものです。

「どんなお話書いてるの？　サラにも見せてくれる？」

サラが幽霊《ゆうれい》のほうへ身をのりだしました。が、幽霊《ゆうれい》は「うーん」と小さくうなったきりで、カリカリ、カリカリと、へたくそな文字を書きつづけています。

やがて線路はゆるやかなカーブを描《えが》いて、リンゴリンガ鉄道のすばらしく長い車体は、なめらかに海辺をはなれてゆきました。夕焼けの色をいっぱいにはらんだ海は、はなれてゆく汽車へ、オレンジ色と黄金色《きんいろ》のはなばなしい光をなげかけます。

手でおでこにひさしをつくりながら、窓《まど》の外をながめていたルウ子は、あっと声をあげ、座席《ざせき》からおしりを浮《う》かせました。

「ねえ、あれ、キリン林《ばやし》じゃない？」

海へせりだした岬《みさき》のかげに、ちらりと、背《せ》の高い木々の集まりが見えたのです。そのあたりはすっかり森におおわれているようでしたが、その中で一か所だけ、葉を持たないコバルトブルーの木々が、首をのばしたキリンそっくりのすがたをして、群《む》れているのです。

髪《かみ》をはずませながらふりむくルウ子に、サラだけが、きょとんとした顔をむけました。幽霊《ゆうれい》は、原稿用紙《げんこうようし》にくっつきそうなほど顔をふせて書きつづけていますし、七宝屋《しっぽうや》はゆったりとキセルをふかし、ハスの花のにおいの煙《けむり》をくゆらせています。クモの舞々子《まいまいこ》さんは、青い木々の群《む》れを見なかったようでした。

海をはなれ、汽車は、さまざまな種類の化石《かせき》が顔をのぞかせる、切り立った崖《がけ》のあいだをぬけてゆきます。鎧《よろい》を着た虫、翼《つばさ》をひろげたトカゲ、鞭《むち》のような首をまるめた海竜《かいりゅう》、背《せ》に帆《ほ》を張った肉食恐竜《にくしょくきょうりゅう》に、飛行機ほどもあるトンボ、二重らせんの巻《ま》き貝《がい》……さまざまな化石《かせき》が混然《こんぜん》とすがたを見せて、もう動かない牙《きば》やつめや尾《お》でもって、走りぬける汽車を見送りました。

化石《かせき》たちの目は、ルウ子に、以前会った骨《ほね》の竜《りゅう》を思いださせました。本が大好きな、骨《ほね》の竜《りゅう》を——

「グワッ」

キセルをふかしていた七宝屋《しっぽうや》が、とつぜん、きみょうな鳴き声をあげました。

「ははあ、どうやら、お買い物を必要としていらっしゃる」

横長の瞳孔《どうこう》を細めて、一同の顔を見まわすカエルの目は、じつのところなにを見ているのだか、つかめません。七宝屋《しっぽうや》は、ピシリとオタマジャクシのせんすを閉《と》じました。そして、言ったのです。

「文房具《ぶんぼうぐ》のお買い物は、藍色《あいいろ》の箱へどうぞ」

九　ペンと綴《と》じひも

幽霊《ゆうれい》のトランクの上に、七宝屋《しっぽうや》が七色の箱をならべてゆきます。七宝屋《しっぽうや》は、いつでもたもとに和紙でできた入《い》れ子細工《こざいく》の箱をかくしていて、買い物を必要としている人を見つけると、それをとりだすのです。というのも、この細工物《さいくもの》の小箱こそが、七宝屋《しっぽうや》が商《あきな》いをするお店なのですから。

大きい箱から小さい箱がとりだされ、さらにその中から、より小さな箱が……赤、だいだい、黄、緑、青、藍《あい》、むらさき。きれいにならんだ七色の中から、七宝屋《しっぽうや》は二番めに小さい藍色《あいいろ》の箱をおしだし、ふたをとります。

小箱から紙と墨汁《ぼくじゅう》のにおいが立ち、ルウ子は次の瞬間《しゅんかん》、箱の中にいました。

いま、ルウ子が立っているのは、汽車の中ではなくて、こぢんまりとした部屋の中です。目にしみるほど深い藍色《あいいろ》のかべ。いまにもそよぎだしそうな竹林が、金銀の箔《はく》をつかって、かべいちめんに描《えが》かれています。

「いらっしゃいまし」

目の前で、七宝屋《しっぽうや》が緑の両手をもみあわせていました。

「あれれえ、わがはいも来ちゃったよ!」

となりで自分の顔を指さしているのは、幽霊《ゆうれい》です。手には、さっきまで原稿《げんこう》を書いていたえんぴつをにぎって、口をまんまるく開けています。

七宝屋《しっぽうや》の六番目の箱の中、おびただしい数の、文房具《ぶんぼうぐ》のお店でした。こまかな仕切りでわけられた棚《たな》には、さまざまなペンやノート、便せん、封《ふう》ろうと刻印《こくいん》、消しゴムや、絵の具なんかがぎっしりとならんでいます。かべには、絵はがきやしおりが細いピンでとめられ、虫の標本《ひょうほん》のようなにぎやかさです。

「いいなあ、いいなあ、幽霊《ゆうれい》さんまで! サラだって、お買い物してみたい!」

天井《てんじょう》からのぞきこんでいる巨大《きょだい》な顔は、サラです。店内に目をこらすサラの鼻息で、ノートやはがきが吹《ふ》き飛《と》んでしまうのではと、ルウ子はひやひやしました。

「わがはい、お店に入ったの、はじめてだよぅ。うわあ、ごらんよ、このインクつぼ！　わがはいは、〝苔森《こけもり》〟っていう色が好きだなあ」

幽霊《ゆうれい》が見ているのは、中にミニチュアの風景が入ったインクつぼで、嵐《あらし》の空や、工場地帯をおおう夕闇《ゆうやみ》、ホタル火の泳ぐ深海、赤黒くぎらつく火山トンネル、雨の日の沼《ぬま》の底、灰《はい》にすすけた墓地など――目をこらすとたしかに動いている景色にペン先をひたすと、そこから色をもらうことができるのでした。

「こちらは、ピッピ・ハロウエル社のシリーズです。いちばん人気はこちらの夕《ゆう》むらさきですが、はあ、幽霊《ゆうれい》さんには、〝苔森《こけもり》〟の緑色があいますでしょうな。作風にも、この色がいちばんしっくりきます」

七宝屋《しっぽうや》に言われて、幽霊《ゆうれい》は、にゅうっと自分の頬《ほお》をひっぱりました。

「わ、わがはいの本を、読んだことがあるの？」

七宝屋《しっぽうや》は、どこまでもゆったりと、なぞめいた笑《え》みを浮《う》かべてうなずきます。

「もちろんです。おはずかしながら、まだすべてのご著書《ちょしょ》を読むことはできていませんが……フルホンさんに、ぜひにとおすすめいただきましてね」

幽霊《ゆうれい》はなにも言えないまま、こんどはほっぺたをおさえつけました。

「さて、さて。では、おもとめの品を……」

七宝屋《しっぽうや》が、品物のひしめく棚《たな》へむきなおります。七宝屋《しっぽうや》では、お客がほしいものを選ぶのではありません。カエルの店主が、お客に必要な品、この先かならず役立つものを見ぬいて、それを売ってくれるのです。ですからルウ子は、なかばむだかもしれないと思いながらも、カエルの背中《せなか》へ呼《よ》びかけました。

「七宝屋《しっぽうや》さん。あたし、コウモリガッパがほしいわ」

ルウ子の申し出に、七宝屋《しっぽうや》はすくなからずおどろいたと見え、頬《ほお》の膜《まく》をふくらませました。が、あっというまにもとの表情にもどると、すずしげに手をふります。

「いえいえ、コウモリガッパなら、お嬢《じょう》さんはもうすでにお持ちです。このたび必要としていらっしゃるのは、こちらです」

七宝屋《しっぽうや》は、古めかしい桐材《きりざい》の棚《たな》の、碁盤《ごばん》の目にならぶ小さな小さな引き出しのひとつから、商品をとりだしました。もったいぶるようにゆっくりとひろげられたカエルの手の上にのっていたのは、透明《とうめい》なプラスチックでできた、一本のボールペンでした。

ルウ子と幽霊《ゆうれい》は、ひたいをよせあって、七宝屋《しっぽうや》がさしだすペンを見つめました。なんのへんてつもない、ただのボールペンに見えます。

「このペン、インクが入っていないよぅ」

幽霊《ゆうれい》の言うとおり、そのペンは中身まですっかり透明《とうめい》で、インクが入っているはずの芯《しん》のところにも、なんの色もないのです。

「文房具《ぶんぼうぐ》は、すべて店内でおためしいただけるようになっております。こちらへ、ためし書きをどうぞ」

お店の中には鳥かごをつるすための飾《かざ》り台《だい》が置かれており、支柱《しちゅう》の先には、かごのかわりに一冊《さつ》のぶ厚いノートがさげられています。重そうな革表紙《かわびょうし》のノートです。

空飛ぶ道具が買えないことにがっかりしましたが、ルウ子はしめされたノートをめくって、白いページをさがしました。ペンがほしかったのは、たしかなのですから。七宝屋《しっぽうや》から、透明《とうめい》なペンをうけとります。と——変化は、みるまに起こりました。ルウ子が手に持ったとたん、透明《とうめい》なペンの中に、青めいた灰色《はいいろ》のインクがみちていったのです。煙《けむり》のように出現したインクは、ふくざつなつる草《くさ》のもようを描《えが》きながら、またたくまにペンの中におさまりました。

「こちらは、気ままインクのペンといいまして、書き手の気持ちや、浮《う》かんでいるアイデアにあった色のインクがあらわれるようになっています。つまり、そのときどきによって、もっともふさわしい色に、インクがかわるわけですな」

ペンの中にあらわれたインクは、青灰色《せいかいしょく》に、どこかにぶい赤茶色がまじっています。雨雲に工場の煙《けむり》がまじったような、どちらつかずの色合いは、ルウ子の気持ちに、ぴたりとあっているようでした。

ルウ子はそのペンで、ノートのはじっこにひと文字、『雨』と書いてみました。

かすかに、ほんの一瞬《いっしゅん》だけ……文字とルウ子をつないで、ペンの中を細い静電気《せいでんき》がかけていったような気がしました。これがあれば、ルウ子は、自分のノートに文字が書けます。どんなことだって、紙の上に書くことができるのです。

頬《ほお》をすこし赤くしながら、好奇心《こうきしん》にしたがって、パラパラと革表紙《かわびょうし》のノートをめくってみました。ルウ子には読めない文字や、見たことのないことばが、ページの上におどっています。切れ目のないひと筆書《ふでが》きの文章。のたくる蛇文字《へびもじ》。一行ずつ輪っかになった文。よく見ると線ではなく、点をつらねて書かれた文字……

と、あるページで、ルウ子ははたと手をとめました。そこにはただ黒いインクのすじが、荒《あら》い傷《きず》あとのようにして、ページをななめに横切っていたのです。

「はあ、そちらのらくがきですか」

気がつくと七宝屋《しっぽうや》が、うしろからのぞきこんでいました。

「じつをもうしますと、さがしているともうしますのが、このらくがきの主でして。どうやら店にあったなにかが、こんなものを書いて、店の外へ逃《に》げてしまったらしいのですな。七宝屋《しっぽうや》では、生きたものはあつかっておらんはずなのですが、なにぶん、あちこちから仕入れたまかふしぎな商《あきな》い物《もの》ばかりです。ひょっとして、店の品物が動きまわって、粗相《そそう》をするようなことがあってはなるまいと……」

七宝屋《しっぽうや》はそこで、せんすであごへ風を送りました。ルウ子はまゆをよせ、首をかしげました。

「それって、なにがいなくなったかも、わからないってこと?」

「さようです」

「それじゃあ、さがしようがないじゃない。逃《に》げたのがなにか、わからないんじゃ……」

けれど、七宝屋《しっぽうや》はまったくゆうぜんとして、せんすをゆすっています。

「まあ、見つかる〈かもしれない〉というわけです。おかげさまで当店は、よそさまよりもすこぅしばかり、可能性にめぐまれておりますから。──さて、お待たせしております。幽霊《ゆうれい》さんには、こちらです」

せんすをまた閉《と》じると、七宝屋《しっぽうや》は、白いうす紙のつつみを持ってきました。つつみをとくと、中からあらわれたのは、美しいひもでした。真水《まみず》をよってこしらえたかのような、銀と水色の糸でふくざつに編んだひもが、ていねいにたばねられています。

フラミンゴやヒバリやペンギンの羽根ペンを物色《ぶっしょく》していた幽霊《ゆうれい》は、ふりかえって目玉を明滅《めいめつ》させせました。

「ひも？　ひもなんて、わがはい、いらないよ。それより、この羽根ペン、いいねぇ！それに、あっちのとびだすしかけの日記帖《にっきちょう》も、それに、メモ用の鉱物も、シャボン玉レンズの顕微鏡《けんびきょう》も……」

しかし、七宝屋《しっぽうや》は、コロコロとのどをふくらませながら、かぶりをふりました。

「いいえ、いいえ。幽霊《ゆうれい》さんにご入用《いりよう》なのは、なんといっても、こちらの綴《と》じひもです。原稿用紙《げんこうようし》をまとめて綴《と》じておくのに、これよりよい品はありません。万一紙がぬれようと、燃えようと、この綴《と》じひもでまとめておけば、たいせつな原稿《げんこう》がなくなってしまうことは、ありません。さて、では、お代をちょうだいいたします――」

机《つくえ》の下から、つぼがとりだされました。このつぼに、七宝屋《しっぽうや》のお客はお金ではなく、〝商品を買わなかった場合の未来〟を支払うのです。

スラァリ、ルウ子と幽霊《ゆうれい》の体から、二本の透明《とうめい》な光る帯《おび》が、つぼへすいこまれてゆきました。――いつもならまっすぐにつぼの中へすいこまれてゆく透明《とうめい》な帯《おび》が、ためらうようにうねったのを、ルウ子は目撃《もくげき》しました。編みかけの三つ編みのように、二本がからまりあったのです。――それでも、あっというまに二本の流れは、まっ暗なつぼのおくに見えなくなりました。

「ひゃああ、へんな感じ！　でもさあ、わがはい、ほんとに綴《と》じひもよりも、そっちのペンや文鎮《ぶんちん》や、パイプのほうが……」

幽霊《ゆうれい》はなにも気づかなかったらしく、透明《とうめい》なおなかをなでまわしています。

「………」

ルウ子は軽く頭をふって、気をとりなおしました。手には、気ままインクのペンがあります。とにかくこれで、ちゃんと文字が書けるのです。

「まいど、どうもありがとうございます」

七宝屋《しっぽうや》のおじぎをあいずにして、ルウ子と幽霊《ゆうれい》は、汽車の中へもどってきました。

外の夕映《ゆうば》えはもう去りかけ、ちょうど車内に、ハチミツ色の照明がともりだしたところでした。

十　ルウ子の執筆《しっぴつ》

「それでは、あたくしはこれにて。三十六号車におりますので、ご用のときにはお呼《よ》びくださいよ」

ひらりと手をふって、七宝屋《しっぽうや》はルウ子たちの車輛《しゃりょう》をあとにしました。

「見てよう、サラちゃん！　わがはい、これを買ったんだよ。お店の中、すぅごかったなあ！」

「いいなあ、いいなあ。サラだって、七宝屋《しっぽうや》さんのお店、ちゃんと見てみたい」

水色のひもを自慢《じまん》する幽霊《ゆうれい》にしがみついて、サラがくちびるをとがらせます。

「お姉ちゃんのは？」

腹《はら》ペコのヒナ鳥のように、こんどはルウ子に顔をよせます。ルウ子は、サラに気ままインクのペンを見せました。さっそくサラはそれを手にとって、幽霊《ゆうれい》の原稿用《げんこうよう》紙《し》のはしになにかを書こうとしましたが、ペンの芯《しん》は透明《とうめい》なままで、なにも書くことができません。

「お姉ちゃん、このペン、こわれてる」

「そうじゃないわ、サラ。書きたいことにあった色のインクが、持つと出てくるのよ、ほら……」

ルウ子がペンを持って説明すると、ペンの中には、するすると藍色《あいいろ》のインクがあらわれました。ふたたびうけとって、サラがためしてみますが、ペンの中はあいかわらず、透明《とうめい》のままです。

これはまったく、ルウ子のためだけの、ルウ子にしかつかえないペンなのでした。

つまらなそうに肩《かた》をいからせるサラを気《き》の毒《どく》に思いながらも、ルウ子は、心が気持ちよくふっとうしはじめるのを、止めようがありませんでした。

ルウ子はひざの上にノートをひろげて、ペンをかまえてみました。なにを書こうか、ペン先がトントンと、ためらいがちに紙をつつきます。やがて手が気弱な線をひきずり、くるりとくねった線は、文字に変身しました。つぎの文字を、またつぎの文字を……ペンの中には、わすれな草色《ぐさいろ》のインクがみちています。はりつめため息の色をしたインクは、行きつもどりつ、物語をつづってゆきました。

『……これは、小さなコウモリのお話です。そのコウモリは、白と黒のしまもようの羽をしていて、そのために、昼のあかるさにも、夜の暗やみにも、まぎれることができませんでした。……』

どれくらい時間がたったでしょう。サラの、おなかがすいたとむくれる声で、ルウ子はわれにかえりました。

いつのまにか、窓《まど》の外はこっくりとコーヒー色に暮《く》れ、月が高くのぼっています。ほかの乗客たちは、食堂車へむかったり、荷物の中からお弁当をとりだしたりしているようでした。

「……できた」

ルウ子のノートの上には、あたらしい短いお話がひとつ、書きあがっていました。たくさん文字を書いたので、ペンを持つ手がひりひりします。紙をうめるうす青い文字を、自分が書いたのだということが、信じられませんでした。

ぼうっとしているルウ子はほうっておいて、サラと幽霊《ゆうれい》が、手をつないで食堂車へむかいます。

ツンツンと、頬《ほお》をつついたのは、舞々子《まいまいこ》さんのクモの足です。ルウ子のうでをつたい、ノートのかどへおりてくると、銀の糸をくりだしました。

『オメデトウ、ルウ子チャン』

流れるような飾《かざ》り文字が、きらきらと光っています。

ルウ子は照れくささに、口をすぼめたまま、なにも言えませんでした。

幽霊《ゆうれい》とサラがはこんできた夕飯は、期待どおりのすばらしさでした。月の形をしたミートパイには、あまずっぱい木イチゴソースがかかっています。蛍光色《けいこうしょく》の切り口をした野菜のサラダ、メレンゲの浮《う》いたカボチャスープ、中に泡《あわ》が泳ぎまわる炭酸ゼリー……

ふくよかな湯気《ゆげ》とかおりのおかげで、車輛《しゃりょう》じゅうにくつろいだふんいきがみちています。列車のゆれる音までもが、どこかかろやかに感じられ、ルウ子たちも、食べながらおしゃべりをしました。

「お姉ちゃん、こんどは、なんのお話？　サラのお話のつづき？」

指についた赤いソースをなめながら、サラがルウ子の肩《かた》へもたれかかってきました。ルウ子はツンとすまして、カナリア色の小カブをかじります。

「ちがうわ。まだ、ないしょよ」

すると幽霊《ゆうれい》が、サラダをお盆《ぼん》のわきへおしやりながら、目玉を光らせました。

「ねえ、書いた小説を、原稿用紙《げんこうようし》にうつしてごらんよ。わがはいのを、わけてあげるから」

思いがけない提案に、ルウ子は目をぱちくりさせます。

「どうして？」

「車掌《しゃしょう》さんに、わたしてみるんだ！　そうしたら、ほら、この汽車は作品が切符《きっぷ》になるんだもの、きみのぶんの乗車賃《じょうしゃちん》を、はらえるわけだよ！」

首をかしげたままのルウ子に、幽霊《ゆうれい》はじれったそうに手をふります。

「きみの作品が、リンゴリンガの車掌《しゃしょう》さんにみとめてもらえるか、ためしてみるんだよ。切符《きっぷ》として通用するんなら、それは、いい作品、いいつくり手だってことなんだから」

『トテモイイ考エダワ！　ルウ子チャン、ゼヒソウシテゴランナサイナ』

荷物の上から、舞々子《まいまいこ》さんが糸をくりだしました。ルウ子はまごついて、サラダをやたらにいじります。

「……でも、とっても短いお話なのよ」

「短くったって、作品は作品さ！」

「………」

夕飯を食べおえると、ルウ子はふたたび、気ままインクのペンをにぎっていまし幽霊がくれた原稿用紙に、ノートから物語を書きうつしてゆきます。ひと文字ひと文字を、手がこわばるくらい、ていねいに、慎重《しんちょう》に書きました。きっぱりと青い、雨あがりの空の色をして、インクがルウ子の手から紙へ伝わってゆきました。

やがて、サラがあくびをしだし、幽霊《ゆうれい》に毛布をかけてもらって、眠《ねむ》りはじめました。幽霊《ゆうれい》も、七宝屋《しっぽうや》で買った綴《と》じひもをしげしげとながめていましたが、やがてプカプカと鼻ちょうちんを浮《う》かべて寝《ね》てしまいました。時間がたつごとに、ほかの乗客もそれぞれの座席《ざせき》で毛布をかぶって休んでゆきましたが、ルウ子は眠《ねむ》らないで、書きつづけました。

車内の照明は、あちら、こちらとまばらに消えてゆき、ずいぶんと暗くなりました。それでも、ルウ子のようにおそくまで起きている乗客の上には、ミニチュアの月のようなほのかな明かりがともりつづけています。

サラも、幽霊《ゆうれい》も寝《ね》ています。舞々子《まいまいこ》さんは、マッチ箱の中です。列車のゆれと線路を行くリズムがえんえんとつづいても、夜は、とても静かでした。

なにかをわすれている気がして、ルウ子ははたと顔をあげましたが、なにをわすれたか思いだすより先に、指がつぎの文字をとらえようと動きだし、またあわてて、手もとに意識を集中しました。

やがて〈おしまい〉の文字を書きおえて、ルウ子は顔をあげました。――息つぎをするように、大きく息をすいこみます。手はすっかりしびれて、ペンのかたちに、指の腹《はら》がへこんでいます。

いまは、何時でしょう。もうきっと、真夜中です。

窓《まど》の外へ目をやって、ルウ子は、長く長く、ため息をもらしました。見たこともない景色が、目に飛びこんできたのです。

汽車はいま、大きな街《まち》の中を走っていました。透《す》きとおった光をはなつ、ガラスの街《まち》です。色ガラスをくみあわせたビルや塔《とう》が、万華鏡《まんげきょう》をのぞきこんだときと同じに、さまざまな色とかたちを生んでいます。空には、宇宙《うちゅう》がふたを開いて、観測《かんそく》が追いつかないほどの星や星雲《せいうん》がすがたを見せています。

ルウ子は、いま書きあげた原稿《げんこう》を、思わずぎゅっとにぎりました。窓《まど》のむこうの景色が、ルウ子のために用意されたごほうびに思われたのです。

ルウ子はまた、ホシ丸くんが来てくれないかと、窓《まど》の外の景色に目をこらしました。夜空から、ガラス屋根の上から、青い鳥がひょっとあらわれはしないかと……が、息をつめて目をこらしても、景色はかわらず、静かにかがやくばかりです。

冒険家《ぼうけんか》のホシ丸くんには、紙に書いた物語なんておもしろくないとわかっていても、ルウ子はこの原稿《げんこう》を、やっぱりホシ丸くんに見てもらいたいと思いました。幸福の青い鳥で、希望のいちばん星の、ルウ子の友達に。

(フンだ。もし、バクに食べられちゃっても、知らないんだから……)

そう思って、原稿用紙《げんこうようし》をたばねようと顔をふせかけた、そのときでした。

——ポツン、

雨のつぶがひとつ、窓《まど》ガラスをたたきました。夜空は星でにぎわい、雲なんてどこにもないのに……　つるりと窓《まど》をすべり落ちかけた雨つぶの形を見て、ルウ子は、小さく声をもらしました。

『ス』

雨のしずくが、文字を形づくったのです。雨つぶは、つぎつぎにルウ子のいる座《ざ》席《せき》の窓《まど》をたたき、文字になってゆきました。

『グ』

『ム』

『カ』

『イ』

『マ』

『ス』

「すぐむかいます」——雨のしずくは、そう言っていました。

十一　雲の上の夜

雨手紙です。まちがいなくそれは、舞々子《まいまいこ》さんがとくべつな水をつかって送る雨の電報、雨手紙でした。

砂糖《さとう》をいっぱいにほおばったときみたいに、ルウ子の頬《ほお》は上気しました。

「ヒラメキ、サラ、起きて！　舞々子《まいまいこ》さんが――」

大いそぎで幽霊《ゆうれい》たちの肩《かた》をゆさぶるルウ子の頬《ほお》を、ツンツンと、なにかがつつきました。いつのまにマッチ箱から出てきたのか、それは、クモの舞々子《まいまいこ》さんの足です。はっとふりむいたルウ子は、

「起こさないであげましょう」

という舞々子《まいまいこ》さんのことばが、銀の糸でできた文字ではなく、たおやかな声とし

て耳に入ってきたことに、ひざが折れそうなほどほっとしました。細い針金《はりがね》のようなクモの足は、ひんやりとやわらかな白い手にかわっています。列車の中ではかぐことのなかった、雨と苔《こけ》と木イチゴのかおりが、ドレスからただよいました。

巻き毛《まげ》のまわりに、宙《ちゅう》に浮《う》く真珠《しんじゅ》つぶをまとって、舞々子《まいまいこ》さんが立っていました。

「ただいま、ルウ子ちゃん。おそくまで、たいせつなお仕事をしていたのね」

おどろいて立ちあがりかけたルウ子のひざから、舞々子《まいまいこ》さんは原稿用紙《げんこうようし》をすくいあげました。両手に持って、ていねいに紙をそろえます。

「舞々子《まいまいこ》さん、見つかったの、お薬は？　電々丸《でんでんまる》は、どこ？」

ルウ子は、なんども目をしばたたきながら、妖精使《ようせいつか》いの舞々子《まいまいこ》さんを見あげました。

舞々子《まいまいこ》さんは横顔で、窓《まど》の外をしめします。すると、星のひしめく空を背《せ》に、ちっぽけな灰色《はいいろ》の雲が浮《う》いているのがみとめられました。雨をたっぷりとふくんだちぎれ雲は、列車と同じはやさで飛んでいます。雲の上から、だんご鼻がひょっとのぞき、大あくびをしながら、電々丸《でんでんまる》がこちらへ手をふりました。

舞々子《まいまいこ》さんは、こまったような頬笑《ほおえ》みをルウ子にむけます。

「ルウ子ちゃんたちは、もう帰ったのだと思っていたら、まさか幽霊《ゆうれい》さんといっしょにいるだなんて。いったい、どうやって〈雨ふる本屋〉からここへたどり着いたの?」

「それがね、舞々子《まいまいこ》さん、ブンリルーが……」

そのときサラが、ふうっと息をすいながら身動きしました。あおむけになって、ルウ子の座席《ざせき》までつま先をのばすと、また静かに寝息《ねいき》をたてはじめます。

ルウ子がほっとため息をついたとたん、重くするどい足音が、通路の木の床《ゆか》をふるわせました。座席《ざせき》をのぞきこむ大きな影《かげ》から、シュウッと金の煙《けむり》があがります。

まっ赤な制服を着た、それはリンゴリンガ鉄道の車掌《しゃしょう》さんでした。

「お客さま、切符《きっぷ》を拝見《はいけん》いたします」

金色にけむる鼻息を吹《ふ》きながら、車掌《しゃしょう》さんの銅像のような顔がルウ子の原稿《げんこう》を見つめます。いったいどうして、ルウ子が物語を書いているのを知ったのでしょう?

ルウ子は、舞々子《まいまいこ》さんがそろえてくれた原稿用紙《げんこうようし》を、車掌《しゃしょう》さんからかばうようにして抱《だ》きしめました。

「あの、で、でも、まだちゃんと読みかえしてないわ。文字をまちがえてるところがあるかも……」

しかし、車掌《しゃしょう》さんの目は、ルウ子の書いた原稿《げんこう》をぎょろりと見つめて、動きません。ルウ子はとたんに、自分の書いた原稿《げんこう》のたばが、あまりにもうすっぺらいので、とほうに暮《く》れました。書きあげたときには、窓《まど》の外の景色を自分のものと思えるほどに、満足していたのに——こんな原稿《げんこう》をわたしては、すぐさま汽車からほっぽりだされてしまうかもしれません。

また、サラがむにゃむにゃと寝言《ねごと》を言いました。眠《ねむ》ったまま顔をしかめて、このままでは、起きてしまいます。

指にはしっかりと力をこめたまま、ルウ子は、物語の原稿《げんこう》をわずかにさしだしました。白い手袋《てぶくろ》をはめた手で、きっちりと紙のたばをつかみ、車掌《しゃしょう》さんは言いました。

「切符《きっぷ》の検分《けんぶん》のご報告は、明朝《みょうちょう》、いまから五時間二十九分後にいたします。さて、そちらのお客さまにつきましては──」

車掌《しゃしょう》さんは体ごとむきをかえて、舞々子《まいまいこ》さんにむかって胸《むね》を張りました。舞々子《まいまいこ》さんはてんであわてずに、そっとスカートをつまんで、略式《りゃくしき》のおじぎをします。

「わたくしの半分の乗車賃《じょうしゃちん》は、おわたししてありますわ。つれあいの乗り物へ移動するまで、おゆるしください」

車掌《しゃしょう》さんは、なっとくしたしるしにまた金の煙《けむり》を吹《ふ》いて、おじぎをかえすと、通路を行ってしまいました。ルウ子の手からはなれた原稿《げんこう》を、わきにはさんで。たき火のにおいが、車掌《しゃしょう》さんの立っていたあとにのこりました。

舞々子《まいまいこ》さんは、サラの毛布をかけなおすと、弓《ゆみ》なりのまゆを張りつめました。

「ルウ子ちゃん。わたくしたちは、火山コショウを見つけられなかったんです」

ルウ子の心臓《しんぞう》が、胸《むね》の中でもぞりと身ぶるいしました。

「ここで話していては、サラちゃんたちを起こしてしまうわね。外へ行きましょう」

舞々子《まいまいこ》さんが窓《まど》へ顔をむけるのにつられて、ルウ子も電々丸《でんでんまる》の雲のほうを見ました。するととけるようにガラスがゆがんで、こちらへのびてきたと思うと、つぎに息をすったときには、それは外の夜の空気でした。

風が髪《かみ》の毛《け》をなびかせます。ルウ子と舞々子《まいまいこ》さんは、小さな本箱にかこまれて、電々丸《でんでんまる》の雲の上にいました。

雲のまん中、あぐらをかいた電々丸《でんでんまる》が、眠《ねむ》そうにぼりぼりと頭をかいています。舞々子《まいまいこ》さんはスカートをひろげて雲のルウ子にむかって、小さく手をあげました。舞々子《まいまいこ》さんはスカートをひろげて雲の床《ゆか》へ座《すわ》ると、となりへ来るよう、ルウ子をうながしました。

「たいへんなの。ブンリルーが、〝自在師《じざいし》〟なんだって、それで、あたしとサラは……」

座《すわ》るのももどかしく、話しだしたルウ子を、舞々子《まいまいこ》さんがうなずいて止めました。

「だいじょうぶよ、ルウ子ちゃん。その話なら、クモのほうのわたくしが聞いていますから、もう知っているんです。ふたりとも、たいへんな目にあってしまったわね」

電々丸《でんでんまる》が、口をへの字にまげます。

「おいらな、あの娘《むすめ》っ子は、なんだかへんだと思ってたんだ。自在師《じざいし》なぁ、うん」

ここまで雨雲を飛ばしてきたせいか、電々丸《でんでんまる》は、ずいぶん疲《つか》れたようすです。

「火山コショウも、自在師《じざいし》の力をつかった、ブンリルーちゃんのつくり話だったようです。わたくしたちは、〈燃ゆる岩屋《いわや》〉という場所へコショウをさがしに行って、そこで知ったの。岩屋《いわや》の番人はるすで、自在師《じざいし》につれさられたそうよ」

「天候大納言《てんこうだいなごん》の、ごはんにするため？」

ルウ子の問いに、舞々子《まいまいこ》さんも電々丸《でんでんまる》もうなずきます。

「そう、それで、会いに行ってきたんですの。天候大納言《てんこうだいなごん》のところへ――〈大きなお方〉というのが、礼儀《れいぎ》にかなった呼《よ》び方《かた》なのだけれど」

「会ってきた？」

ルウ子が目をみはると、電々丸《でんでんまる》が、ブルッと身ぶるいしました。

「お、おいら、あんなおっかないこと、二度とごめんだ。やめようって言ったのに、舞々子《まいまいこ》ときたら、聞かないのだ」

「だけど、おかげでブンリルーちゃんのことがわかったでしょう。火山コショウがないということも。やはりドードー組合にたよるしか、ないんです。

ルウ子ちゃん、〈雨ふる本屋〉へもどらなければ。電々丸《でんでんまる》の雲では、全員がのることができないわ。だけど、〈大きなお方〉がわたくしたちの話を聞いて、ドードー組合にかけあってくださったの。あすには、飛行魚《ひこううお》をよこしてもらえることになったんです」

ドードー組合がたすけてくれるのなら、きっともう安心です。ルウ子は、組合の、重々しくどこかちぐはぐな建物を、頭の中に描《えが》きました。

「ケラエノが、来てくれる？」

組合がお世話している巨大《きょだい》な空飛ぶ魚、飛行魚《ひこううお》は、七匹《ひき》の姉妹で、中でもいちばん上のお姉さんケラエノは、ルウ子と仲よしでした。ルウ子は、あの大皿のような澄《す》んだまるい目と、あちこちに傷《きず》のついた青銅色《せいどういろ》のうろことが、たまらなくなつかしくなりました。

「ええ、いまはどの飛行魚《ひこううお》もいそがしいらしくて、あすまで待たなければいけませんけれど。きっとルウ子ちゃんに会いたがって、ケラエノが来るでしょう」

ルウ子は、おなかの中が、すとんとからっぽになってしまった気がしました。安心したためか、疲《つか》れたためかは、わかりません。ドードー組合がたすけてくれるのなら、フルホン氏の絶滅《ぜつめつ》かぜも、きっとじきによくなるでしょう。以前、ほんとうに起こった滅亡《めつぼう》すらも、なかったことにしてしまったというのなら――

（だけどブンリルーは、どうなっちゃうのかしら？）

もし、夜が明けて飛行魚《ひこううお》が来てくれて、フルホン氏の絶滅《ぜつめつ》かぜがなおったとしても……

その先を考えようとすると、ルウ子はえたいのわからないさびしさに襲《おそ》われました。あのぶきみな女の子の、その先。

空には、星が際限なく光っています。ガラスの街《まち》は静かなまま明かりをつらねつづけ、リンゴリンガ鉄道は、夜をひた走っていました。星をちりばめた暗闇《くらやみ》に、あしたはまだ、すっかりかくされてしまっています。

電々丸《でんでんまる》が、いよいよ盛大《せいだい》なあくびをしました。しょぼしょぼと目をこすりながら、ルウ子に手をふってみせます。

「ほら、もう、子どもは寝《ね》んといかん。でないと、あした、なんかが起きても、眠《ねむ》くってにっちもさっちもいかんことになるぞ」

電々丸《でんでんまる》の言いようときたら、あすにはまた、予想もつかない事態が待ちうけているとでも言いたげです。ルウ子はしかたなく、雨雲のはしへ立ちました。舞々子《まいまいこ》さんが肩《かた》に手を置き、来たときと同じに、車窓《しゃそう》をすりぬけて汽車の中へもどります。すやすや寝息《ねいき》を立てているサラの横に座《すわ》ると、ルウ子もすぐさま、眠《ねむ》りに落ちてしまいました。とにもかくにも、あしたはまだです。

まぶたのうしろのまっ暗闇《くらやみ》に、なんの夢も映《うつ》さないで、ルウ子は眠《ねむ》りました。

十二　〈書からなる塔《とう》〉

「お知らせいたします。つぎの停車地点は、〈書からなる塔《とう》〉――ええ、さよう、〈書からなる塔《とう》〉です。到着時刻は、正午から一時間後を予定しております」

太い声で案内をひびかせながら、車掌《しゃしょう》さんが通路を歩いてきます。

もう明るい日の光が車窓《しゃそう》からさし、ハチミツ色の照明はとうに消えて、昼間の色が列車の中ににぎわっています。パンやコーヒーや朝がゆのにおいが、浮《う》きたつようにただよっていました。座席《ざせき》にまるまって寝《ね》ていたルウ子は、目ざめたとたんに真横を通った車掌《しゃしょう》さんのまっ赤な制服に、どきりと肩《かた》をふるわせました。車掌《しゃしょう》さんは、ルウ子のほうを見むきもせず、案内をくりかえしながら通過してゆきました。

「………」

ルウ子は、やたらに軽く感じられる体を起こしました。ゆうべの原稿《げんこう》を、車掌《しゃしょう》さんは読んでくれたのでしょうか——

「見て！　また飛んできた、ほら、あんなにいっぱい！」

とっくに起きていたサラが、窓《まど》におでこをおしつけて、歓声《かんせい》をあげます。

うしろからのぞきこむと、晴れた窓《まど》の外を、すばやく横切ってゆく影《かげ》がありました。渡《わた》り鳥《どり》の群《む》れが、いくつもの三日月型《みかづきがた》の隊列をくんで、飛んでゆきます。鳥たちは灰《はい》をまぶしたような白い翼《つばさ》をしているので、隊列はほんとうに、夜が明けて白《しら》んだ三日月《みかづき》に見えました。

むかいの座席《ざせき》では、幽霊《ゆうれい》が本を読んでいます。よほどおもしろい本なのか、くっつけるように顔をよせて、ルウ子が起きたことにも気づかないようすです。

「……舞々子《まいまいこ》さんは？」

毛布をまるめて網棚《あみだな》にのせながら、ルウ子はサラにたずねました。

「お姉ちゃん、見て！　すごいのよ、こんなにひろいの」

サラが座席《ざせき》の上ではずみます。白い鳥たちの飛ぶ下にひろがる森は、濃《こ》い緑をやがて青くかすませながら、地平線までつづいています。その深い森のかなたに、あやしいようにまっ白な、背《せ》の高い建物がたったひとつ、立っています。どうやらあそこが、目的地らしいのです。

と、窓《まど》の上に、ふっとねずみ色の雨雲がかかりました。電々丸《でんでんまる》の雨雲の上から、舞々子《まいまいこ》さんがこちらへ手をふります。茶色い巻《ま》き毛《げ》が風にあおられて、凝《こ》った飾《かざ》り文字のようになびいています。ルウ子が寝《ね》ているあいだに、舞々子《まいまいこ》さんたちとの再会をすませたらしく、サラは雨雲へむかって、元気に手をふりかえしました。

「もうすぐ、どこかにとまるの?」

「そうだって」

サラが紙につつんだサンドイッチをわたしてくれ、ルウ子は、寝坊《ねぼう》の朝ごはんをかじりました。

「お姉ちゃん、舞々子《まいまいこ》さんよ。電々丸《でんでんまる》も。ねえ、サラたち、〈雨ふる本屋〉に帰るの?

フルホンさんのおかぜ、なおっちゃうの?」

「うん。きっと、もうだいじょうぶよ」

「いじわるのお姉ちゃん、もう来ない?」

「うん、きっとね。もう、来ないわ」

ルウ子のこたえに、サラは満足そうに息をもらしました。……が、ルウ子のほうでは、ずしりと胸《むね》が重くなるのを、感じていました。どうしてでしょう、自在師《じざいし》にもう会わずにすむのなら、安心なはずなのに。あんなおかしな子、そもそもルウ子たちには、なんのかんけいもありはしないのに。

もうすぐ、飛行魚《ひこううお》にだって会えるのです。ルウ子の心は、もっとはずんでいていいはずでした。胸《むね》の中のもやもやが、ガスになって口の中にまでただよってきたように、サンドイッチを食べるのに、ずいぶん時間がかかりました。

「ねえ、ヒラメキ、なんの本を読んでるの?」

ちっとも顔をあげない幽霊《ゆうれい》をいぶかしく思って、ルウ子はすこし声を高めて言いきした。ところが、しーっと、口の前に指をたてたのは、サラです。

「だめよ、じゃましちゃ。ヒラメキ幽霊《ゆうれい》さん、お仕事するために、ずーっとご本を読むの、がまんしてたのよ。きょうは、お姉ちゃんのぶんの原稿《げんこう》を書かなくていいんだもん、そのぶん、思いっきりご本を読むんだって」

神妙《しんみょう》な顔でサラの言う意味が、ルウ子は、すぐには飲みこめませんでした。が、やがて、じれったいほどゆっくりと、おどろきがこみあげてきました――

「それじゃあ――だって――あたし……」

しゃべろうとするそばから、ことばが蒸発《じょうはつ》してしまいます。ルウ子は目を見開いて、ただもう両方の頰《ほお》をおさえておくことしか、できませんでした。

ルウ子の反応に、さいしょは目をまるくしていたサラは、じきに、まぶしそうに目を細めて頰笑《ほおえ》みました。

線路のしかれた崖《がけ》はやがて、長いなだらかな勾配《こうばい》をえがいて、赤い汽車は森の木々の下へすべりこみました。深いおだやかな森の空気が、かすかに甘《あま》いにおいで、列車ごと乗客たちをむかえます。あたりはしんとしています。小鳥のさえずりも聞こえない中、どこかから水の流れる音がします。近くに、川があるようです。汽車の煙突《えんとつ》が、気持ちよく汗《あせ》をかいた馬のように、息をつきました。車掌《しゃしょう》さんと、それに同じく赤い制服を着た鉄道員たち（こちらは、二足歩行のハリネズミに見えました）が、金のベルを鳴らしながら、到着《とうちゃく》を知らせて歩きます。

「〈書からなる塔《とう》〉に到着《とうちゃく》です。出発の時刻《じこく》は、ただいまよりきっかり二時間後とさせていただきます。くれぐれも、おおくれになることのないように――」

幽霊《ゆうれい》が、読んでいた本をパタンと閉《と》じました。

「ようし、行こうよ！　〈書からなる塔《とう》〉だなんて、作家として、なんとしても見ておかなきゃあね」

バサバサと原稿用紙《げんこうようし》をたばね、幽霊《ゆうれい》はなんと、それを口の中へつっこんで、飲みくだしてしまいました。透明《とうめい》なおなかの中に、原稿用紙《げんこうようし》と、あとからなげこまれたえんぴつが、浮《う》いているのが見えます。

「そんなことができたの⁉」

「そうなんだ、わがはいも、この旅に出てから知ったんだけど。幽霊《ゆうれい》の体って、便利だねえ。わがはい、生きてるときなら、ぜったいこんなことできなかったよ」

とくいそうに通路へおどりでる幽霊《ゆうれい》に、ルウ子たちもついてゆきます。ほかの乗客たちにもまれながら、汽車をおりると、ぽつりと鼻先に雨がひとつぶだけ落ちてきて、電々丸《でんでんまる》の雨雲が木々のむこうにいることがわかりました。

それにしても、なんと深い森でしょう。ほっぽり森やキリン林《ばやし》で見たどんな木よりも、太く大きく年老いた木々が、ゆたかに枝をのべ、銀のまじった暗い緑色の葉をしげらせています。おどろいたことに、湿《しめ》り気《け》をふくんだ苔《こけ》の上、線路は列車の行く手ですぐにとぎれていました。

「ここが、終点なの?」

「いいや、そうじゃないよ。リンゴリンガ鉄道は、あたらしい線路をしきながら走ることができるんだ。目的地にあわせて、汽車の前にどんどん線路があらわれてゆくんだよ。のっていたら、見ることができないけどね」

幽霊《ゆうれい》は、赤いりっぱな汽車のことを、ほこらしげに説明しました。

すぐ近くに、川が流れて、その川のむこうに、まっ白なかべと見まごうばかりに、車窓《しゃそう》から見えていたあの塔《とう》が立っています。

塔《とう》の白さといったら、目にしたとたん、まぶたを閉《と》じずにはいられないほどです。森で迷って歩くうち、見てはいけない神さまに出くわしてしまったように――塔《とう》のすがたは、見る者におそれをいだかせました。

入り口らしいものは、こちらからは見あたりません。川にも、橋はかかっていません……思いきればとびこえられそうなはばではありましたが、羽を持っていないかぎり、とんでみようと思う者は、まずないでしょう。というのも、ルウ子たちが近よって見てみると、川の中には小石も砂《すな》も存在《そんざい》せず、澄《す》みきった水がはてしなく深く、青黒さをたたえていたからです。これは、底なしの川なのでした。

空を飛べる者も、そうでない者も、川の手前にとどまって、スケッチをはじめたり、楽器に空気を通したりしはじめました――が、多くの乗客は、汽車の中にとどまって、タバコやおやつを口にくわえたり、自分たちの荷物の手入れをしたりしました。

「七宝屋《しっぽうや》さんも、おりてきてるかしら？」

森にそびえるまっ白な塔《とう》を見やりながら、ルウ子はずっと、頭上を気にしていました。雨雲がどのあたりにいるのか、木々にさえぎられて、見ることができません。

「舞々子《まいまいこ》さーん！　電々丸《でんでんまる》も、おりてきて。サラたち、こっちよう」

両手をメガホンにして、サラが声を張りあげました。それにこたえて、パラパラといくつぶかの水玉が、枝と葉をすりぬけてきます。ところが、

シュッ、

ルウ子たちにふれる前に、雨つぶは蒸発《じょうはつ》し、消えました。はっとしてすった息は、もう、木々のにおいをさせておらず、たちまちのうちにルウ子たちもまた、森から消えてしまったのでした。

まばたきするまもなく、目に映《うつ》る景色ががらりとかわります。足の裏《うら》は、やわらかく湿《しめ》った苔《こけ》ではなく、かたい、まっすぐな床《ゆか》の上にあります。列車の木の床《ゆか》ともちがう、白くたいらな床《ゆか》――ルウ子ははっとして、思わず足を浮《う》かそうと、あぶなっかしくよろけました。

紙とインクのにおいが、鼻をくすぐります。まだ知らないおどろくべきできごとや、読んだことのないとびきりの物語を予感させる、あのにおいです。

タイルかと思った床《ゆか》は、幾枚《いくまい》もの紙をしきつめてできています。まっ白な紙ではありません。なにかの本の一ページ、だれかへあてた手紙の便箋《びんせん》、楽譜《がくふ》の一ページ……さまざまなことばや記号の書きつらねられた紙がくみあわさり、広大な床《ゆか》となっているのです。

「お姉ちゃん」

となりにいるサラが、同じようによろけながら足ぶみします。

幽霊《ゆうれい》はおどろきのため、この景色を目にうつしきれないのか、だまったまま空中でくるくると回転しています。

紙の床《ゆか》は思いきりよく四方《しほう》へのびており、かべの内側ではなく、広場にいるみたいです。うんと遠いかべ（やはり、文字の書かれた紙でできています）を見あげてゆくと、井戸《いど》の底にいるかのように、えんえんと上へつづいています。天井《てんじょう》のあたりから、透《す》きとおった光の柱《はしら》がさしこみ、宙《ちゅう》をただようホコリやかべのインクを照らしていました。さらには、やはり紙でできたいくつもの階段《かいだん》がかべからかべへと橋わたしされていて、細い階段《かいだん》と光の柱《はしら》とが、ふくざつに交差しながらはてしのない図形を描《えが》いています。天井《てんじょう》は、あふれんばかりの光に白くかすんで、見ることができません。

「ここ……塔《とう》の中？」

サラはルウ子のほうへ身をよせながらも、このとほうもない景色に魂《たましい》もうばわれたようすで、どこまでもくりかえされる紙とインクのつらなりを見あげています。

たしかにここは、塔《とう》の中らしいのです。紙とインクでつくられた、おそろしく巨大《きょだい》な……

けれど、どうやって入ってきたというのでしょう？

カサ、と、ルウ子の長靴《ながぐつ》の下で音がして、ひざをすくませました。紙のつぶれる音です。見おろしたルウ子の視線の先に、紙きれでできた三つ編みのこよりが数本、落ちていました。見れば、キャラメルのつつみ紙でつくられた細工《さいく》は、三つ編みの練習のあとのように、塔《とう》の中のあちこちにころがっています。

「……あやまりに行かないの？」

かぼそい声が、お墓からよみがえっただれかの手のように、首すじをつめたくさせました。ふりかえると、よじれた杖《つえ》を持つ女の子が、文字でうめつくされたかべをせおって、立っています。白黒もようのいでたちは、紙とインクがねじれてできた像のようです。

灰色《はいいろ》にくもった目が、こちらを見ています。

十三　自在師《じざいし》の追跡《ついせき》

自在師《じざいし》、とも、ブンリルー、とも、ルウ子はその子を呼《よ》ぶことができませんでした。声がのどのおくにはりついて、かすれた息をするのがやっとです。

「折り紙をふんでこわしたこと、あやまりに行かないの？　ゆがんだ折り目のついた紙は、もう、二度ともとにもどらないのよ」

カサコソと、床《ゆか》にちらばる紙くずの三つ編みが、ふるえます。自在師《じざいし》は、知っていたのです。サラと列車の通路を散策《さんさく》していて、うっかりふみつぶしてしまった紙《かみ》細工《ざいく》のことを。それを、あとであやまりに行くと、ルウ子が言ったことを。けれど、ルウ子はすぐあとに七宝屋《しっぽうや》でペンを手に入れて、そして、物語を書くのに没頭《ぼっとう》して

……

（わすれてた……どうしよう、ほんとうに、わすれてた？　あたし、どうしよう？）

おなかの中が、焼《や》けこげるようです。と、サラが、ルウ子のうでをつかみました。純白《じゅんぱく》の翼《つばさ》の傘《かさ》が、まぶしく光を反射《はんしゃ》しています。

「ねえ、この子、だあれ？」

広間のはしで文字を読んでいた幽霊《ゆうれい》が、ふしぎそうな顔で飛んできます。ふだんは執筆室《しっぴつしつ》にこもってばかりの幽霊《ゆうれい》は、ブンリルーに会ったことがないのです。

「ヒラメキ幽霊《ゆうれい》さん、言ったでしょう。いじわるのお姉ちゃん、サラたちをお店からいなくしちゃったお姉ちゃんよ」

サラが、ブンリルーをまっすぐに見すえて、声に力をこめます。

「また、サラたちに、いじわるしに来たの？」

ブンリルーが、首をかしげます。自在師《じざいし》は、よくようのない声音《こわね》で、サラにこたえました。

「……ねえ、サラのお姉ちゃんは、鳥の姫《ひめ》をさがそうとするサラを、手伝おうとしてくれた？　鳥びとたちなんてほうっておけって、言ったんじゃないの？　人のものをふみつぶして、あやまりもしないんじゃないの？　いじわるなのは、どっち？」

ルウ子は、体の芯《しん》が、すとんとぬけ落ちていくのを感じました。

（そうだわ。ブンリルーよりあたしのほうが、ずっとずっとひどいじゃない……）

「ね、ねえ、よくわからないけれど、けんかはよくないよう」

けれども、幽霊《ゆうれい》のたよりない声を聞いている女の子なんて、いませんでした。

「あんたは、逃《に》げてきたんでしょう？　お姉ちゃんから、逃《に》げたんでしょう？　大きらいなお姉ちゃんのいる家には、もう帰らないんでしょう？」

おでこでくくった前髪《まえがみ》を台風にいどみかかるアンテナのようにゆらし、サラは世界一勇敢《ゆうかん》な女の子の顔をして、言いました。

「サラ、おうちに帰るもん！　おうちに帰って、ジグソーパズルをぜんぶつくるもん。ぜんぶできたら、そしたら、お母さんにじゃなくて、お姉ちゃんにあげるんだもん！」

サラの声にはじかれて、ルウ子は、妹を見おろしました。サラがとちゅうでなげだした、あのパズル……怒《おこ》って大雨の中飛びだしてしまったのは、ルウ子が、パズルをお母さんにあげようと言ったせいだというのでしょうか？　ルウ子は、どうせサラがほしがるだろうと思って、いじわるさえ言ったというのに……

灰色《はいいろ》だったブンリルーの目が、ふつふつとわきたつように、緑色に染《そ》まってゆきました。三つ編みとねじれた杖《つえ》とを、かぼそい静電気《せいでんき》が走ります。

「なあに、それ。だったら、なあに？　それなら、家にいて、パズルをつくってればよかったのよ。こんなところにまで、なにしに来たの？」

黒い長靴《ながぐつ》をはいた自在師《じざいし》の足が、一歩、こちらへふみだされます。ルウ子は、むりやりに息をすいこむと、自在師《じざいし》の色のさだまらない目を、見かえしました。

「そ……そんなこと、あんたにかんけいないわ。あんたのことなんて知らないって、なんど言ったらわかるの？」

おびえて動かなくなっている心を、いったんわきへおしのけて、ルウ子はあるだけの勇気をふりしぼりました。

「舞々子《まいまいこ》さんが来てくれたから、もう、あんたなんてこわくないんだから。もうすぐ、あたしたちは、〈雨ふる本屋〉に帰るのよ。舞々子《まいまいこ》さんも、〈大きなお方〉も、ドードー組合も、フルホンさんの絶滅《ぜつめつ》かぜをなおそうとしている。なにをたくらんでいるか知らないけど、だれも、あんたの思いどおりになんてならないわ」

ルウ子の声は、ふるえていました。が、たよりない声が、思いがけない威力《いりょく》でブンリルーをうちのめしたのは、あきらかでした。静電気《せいでんき》が、ブンリルーの三つ編みを、肩《かた》の上へはねさせます。身にまとう衣裳《いしょう》の白黒じまが、身じろぎにあわせて、ぐにゅうとねじれはじめたように見えました。

「どうして……?」

自在師《じざいし》の目はいまや、ほとんど色をうしなって、中心の黒い点だけがちらちらとゆれながら、こちらをにらんでいます。

「どうして、あたしのこと、じゃまばっかりするの? あたしが、自在師《じざいし》だから?

この世界をかえてしまう、悪者だから？　ねえ、だれからもきらわれて、じゃま者にされて、あたしはどこにいたらいいの？　あたしだって、自在師《じざいし》になんて、なりたくてなったんじゃないのに！」

小さな紙くずの三つ編みたちまでが、青白い電気をおびて焦《こ》げはじめ、それでルウ子は、あれはみんなブンリルーがこしらえたのにちがいないと思いました。ひとりぼっちで、この塔《とう》で……

さびしさが編みあわさって、ルウ子の胸にたれさがりました。そのさびしさは、なぜだか、ルウ子もよく知っているものでした。

白い手が、ねじれた杖《つえ》をかかげ持ちました。ゆがんだ疑問符《ぎもんふ》をかかげて、自在師《じざいし》はなにもない空中に、文字を書きつけます。

「だったら、あたしだって、ルウ子なんて知らないわ。だあれも、あんたのことなんて、知らないようにしてあげる」

十四　出口をめざす

「キャーッ！」

ルウ子をわれにかえらせたのは、幽霊《ゆうれい》のかん高《だか》い悲鳴でした。息をすったとたん、ホコリにむせて、ルウ子は、しばらくせきこみました。せきのためににじんだ涙《なみだ》をぬぐって、ふたたび塔《とう》の中を見まわしたとき、ルウ子はサラがいないのに気がついて、頭がこおりつきました。

「サラ……？」

文字たちはかわることなく、物語や旋律《せんりつ》をつらね、だだっぴろい空間に、ルウ子と幽霊《ゆうれい》だけが、ぽつりととりのこされているのです。

「見てよう、見てよう、わがはいの原稿《げんこう》が！　とってもたいせつなシーンが書いてあるのに！」

幽霊《ゆうれい》をあわてさせているのは、閉《と》じこめられたことでも、サラがいないことでもありませんでした。寒天《かんてん》みたいな手が指さす先には、ほかのたくさんの紙にまじって、くねくね流の文字が書かれた原稿用紙《げんこうようし》が、床《ゆか》にへばりついています。

「どうしよう、どうしよう、どうしよう！」

あっけにとられていたルウ子は、とにかく幽霊《ゆうれい》を落ちつかせるため、床《ゆか》に落ちた紙を拾おうとしゃがみました。……ところが、どういうわけか、手でつかもうとしても、幽霊《ゆうれい》の原稿用紙《げんこうようし》はびくともしません。さいしょからここにあったかのように、ピタリと床《ゆか》の一部になっているのです。

「どうしよう、どうしよう。この原稿《げんこう》がなけりゃ、話の前とつづきがつながらないのに。主人公のかたきがどうしてイグアナの骨《ほね》を飲みこんだのか、わからなくなっちゃうのにぃ！」

さけぶのにあわせて、おなかの中ののこりの原稿用紙《げんこうようし》が、わなわなとふるえます。

「待って……ねえ、いま、それどころじゃないでしょう？　ちゃんと見てよ、あたしたち、閉《と》じこめられちゃったわ」

ルウ子の声の緊張《きんちょう》に、幽霊《ゆうれい》もやっと顔をあげて、自分たちがどうなったのかを見ました。ふたたび、するどい悲鳴が空気をひきさいたのは、言うまでもありません。

「な、な、なんで？　サラちゃんは、どこよぅ？」

「わからない。ブンリルーが魔法《まほう》をつかったの。あたしたち、出られなくなっちゃったのよ」

飛びだしそうになる心臓《しんぞう》をおさえながら、ルウ子はかべにかけより、手でふれてみました。かべをなぞってみますが、ピタリとくみあわさった紙が動く気配《けはい》はありません。幽霊《ゆうれい》はやがて、ふにゃりと床《ゆか》にへたりこんで、すすり泣きをはじめました。

「そんな、そんな……わがはい、あのブリリルーとかいう子がなにかしそうだったから、サラちゃんの手をつかまえたんだよ、おそろしいことになりそうだったから。だのに、この原稿《げんこう》が口から飛びだしちゃったんで、つかもうとしたのよ。きっとそれで、サラちゃんの手をはなしちゃったんだ。わがはい、わがはい、どうしよう……」

「そんなこと、言ったって……」

幽霊《ゆうれい》のしくしくと泣く声が、鋼《はがね》のようにルウ子の胸《むね》をしめあげます。ルウ子は、塔《とう》の天井《てんじょう》――光が集まりすぎて、見ることのできない天井《てんじょう》――を見あげながら、必死で考えました。

(落ちつかなきゃ……だって、塔《とう》の外には、リンゴリンガの列車がとまってるんだもの、あたしたちがいなくなれば、ぜったいにわかるはずだわ。舞々子《まいまいこ》さんと電々丸《でんでんまる》がたすけに来てくれないなんてはず、ないんだし……それに、そうよ、サラはきっと、舞々子《まいまいこ》さんたちといるはずだわ)

でも、もし、そうでなかったら……？

背《せ》すじをつらぬいたさむけが、ルウ子のひたいをぬけて、天井《てんじょう》の高みへすいこまれてゆきました。

おなかに充満《じゅうまん》した恐怖《きょうふ》をはきだそうと、ルウ子は、天井《てんじょう》にむけて、声のかぎりにさけびました。

「おおーい！」

大声にびっくりした幽霊《ゆうれい》も、すぐに、ルウ子にならいました。

「おーい、おーい、ここだよう！」

「サラ、聞こえる？　だれか、来て！」

外からの反応は、ありません。幽霊《ゆうれい》はさけびながら、上へ上へとのぼってゆきました。天井《てんじょう》のあたりから、外へ出られるかもしれません……が、なかばまでのぼると、ガスのぬけた気球のように、ルウ子のところまで落ちてきます。

「……だめだ。いっしょにいなきゃいけない気がするよ。いま外に出たら、わがはい、なにかだいじなことをわすれちゃいそう」

幽霊《ゆうれい》のことばをいぶかりながら、ルウ子は背中《せなか》が痛《いた》くなるほど、天井《てんじょう》を見あげました。ふたりとも、まるで、井戸《いど》にしずんだ砂《すな》つぶです。

ぼうだいな静寂《せいじゃく》だけが、のしかかります。

どちらからともなく、方向もきちんとさだめずに、ルウ子と幽霊《ゆうれい》は塔《とう》の中をうろつきました。かべとかべを縦横《じゅうおう》につなぐ階段《かいだん》、とにかくそこしか、どこかへ通じているところはありません。

ふたりはだまって、階段《かいだん》の登《のぼ》り口《ぐち》をめざしました。

塔《とう》はおどろくべきひろさで、いちばん近い階段《かいだん》をめざしているのに、なかなかたどり着きません。やがて沈黙《ちんもく》にたえきれなくなって、幽霊《ゆうれい》がつとめて軽い調子で、短く口笛《くちぶえ》を吹《ふ》きました（プスー、と空気のぬける音だけの口笛《くちぶえ》でした）。

「……サラちゃんって、しっかり者になってきたし、ずいぶん体がじょうぶになったよねえ。すこし前より、うんとお姉さんになった気がするよ。ね、だから、きっとだいじょうぶだよね」

ルウ子は、力をこめてうなずきました。うなずいてから、ちょっとだまって、足もとの紙と書かれた文字を見ながら歩きました。

「……そうよ、きっと、だいじょうぶ。サラは、もうあんまりかぜをひかなくなったもの。もうあたしのおもちゃをほしがって泣くこともなくなったし、あたしが思いつかないことだって、ひとりでできるようになっちゃった」

自分の声が、どんどん泣きそうにしぼんでゆくのに、ルウ子はぎょっとしました。おどろいた拍子《ひょうし》に心がゆらぐと、涙《なみだ》がわいてきて、あわてて手の甲《こう》でぬぐいました。

とってておきのパズルをくれるなんて言うほどに、サラは大きくなっていたのです。ルウ子よりも、ずっと強くてやさしい女の子に。もう泣いて熱を出して、ルウ子についてまわるばかりの、小さな妹ではないのです。

(きっと、あたしがいなくっても、だいじょうぶ)

サラのぶじを信じようとするのに、ルウ子の心はどういうわけか、熟《う》れすぎたくだもののように、ひしゃげて痛《いた》みました。

そのときふと、ルウ子の目に、ことばのつらなりが飛びこんできました。

『ローソク町へこして来たとき、かれは十四歳《さい》だった。』

長靴《ながぐつ》のつま先がふれそうなところにある紙に、それは印刷されていました。ルウ子は一瞬《いっしゅん》、なぜとうとつに文章が目に入ってきたのかとまばたきしました。が、すぐに、がてんがいきました。塔《とう》をつくる紙のほとんどには、知らない国のことばが書かれています。どんなに美しい文字だって、読み方を知らないのですから、なにが書かれているかはわかりません。ところが、いま目に入ってきた文章は、ルウ子の知っている、いつもつかう文字とことばで書いてあるのでした。

さいしょに読んだのは、どうやら小説の一ページです。ほかにも読めるものがあるだろうかと、ルウ子は床《ゆか》を目でさぐりました。するとすこし先に、なじみのある文字をまた見つけました。

『白ぶどう酒は、ごぞんじのとおり、魚料理またはみた目に白くしあげる料理によくつかいます。』

こちらは、お料理のつくり方のようです。またすこし先にべつの紙を見つけ、ルウ子はそちらへ進みました。

『こうしてチガニア人たちは以後四百年の間、低温熱水鉱物《ていおんねっすいこうぶつ》をもとめ、大陸から大陸への大移動をくり返すこととなった。』

アリより小さな文字で書かれているこれは、歴史の本でしょうか。読むうちに、さっき落とした心が、いそいでもとの場所へもどってきました。知っている文字の、はじめて読む文章が、たしかな栄養となって心をルウ子の胸《むね》につなぎなおします。

『にいさんたちは、その声をききつけて、井戸《いど》ばたへかけつけました。けれども、黒いさかながあらしをおこすのを、とめることはできませんでした。』

『この宇宙《うちゅう》全体をつらぬくフラクタル構造は、大気の底にしずんだ化石《かせき》を発掘《はっくつ》するにあたり、最良の道具となりうるのである。』

『スクランブル・エッグスの朝食をはらに入れたら、ベルトにピストルをさし、いやでも今日の仕事にでかけなければならない。』

『工場の庭はいつだって冬だ。そこでは毎朝、ひとりひとりの工員たちに、ミントキャンディーの缶《かん》が配られる。』

むずかしい文章もありましたが、ルウ子は水を飲むように読んでゆくことができました。紙から紙へ、夢中で進むうち、いつしか階段《かいだん》に足がかかっていました。そこでやっと、ルウ子は顔をあげました。

「フルホンさんがここにいたら、きっと何年間かは閉《と》じこもりっきりだろうねぇ」

そんなじょうだんを言いながら、幽霊《ゆうれい》は、目もくらむほどつづく文章に圧倒《あっとう》されて、魂《たましい》を半分どこかへやってしまったような顔をしています。

階段《かいだん》はやっぱり紙でできていて、手すりもなにもありません。はばはといえば、大人の足が片方《かたほう》、やっとのるくらいです。柱《はしら》でささえられるでも、天井《てんじょう》からつられるでもなく、とほうもなくはなれたかべとかべを、階段《かいだん》の橋がつないでいるのでした。

ルウ子はひとつ息をつき、階段《かいだん》にかかった足に、体重をのせました。のぼりきるのに、どれほどかかるでしょう。足が疲《つか》れはてる前に、塔《とう》のてっぺんまでたどり着けるのでしょうか——けれども、光の彫刻《ちょうこく》が空間を照らし、たいせつに書かれたたくさんの文字が動かない時間にまもられていて、おそれはしんしんと、塔《とう》の底へしずめられてゆくようでした。

ふと、ルウ子は思いました。

(ヒラメキの原稿《げんこう》も、ずっとこの塔《とう》に保管されるんだわ。あたしたちみたいにたまやってきた人が、いつか、ヒラメキの書いた文字を読むんだわ……)

それは、とほうもないことでした。幽霊《ゆうれい》のふにゃふにゃ式の文字で書かれた、へんてこな物語のきれはしを、いつかだれかがこの場所で読んで、思わずふふっと吹《ふ》きだすのだとしたら——ルウ子の心臓《しんぞう》が、きゅうにどきどきと胸《むね》をたたきはじめました。こんなにすごいことって、あるでしょうか。こんな、気の遠くなるほど時間のかかる、たしかに手ににぎることもできない、魔法《まほう》よりも魔法《まほう》みたいなことって。

すこしずつ、すこしずつ、階段《かいだん》をたどって、塔《とう》の中をのぼってゆきます。

「それにしたって、さっきの女の子、おっかなかったねえ。なんだか、きみににていたけどさ」

かたわらを宙《ちゅう》に浮《う》いて移動しながら、幽霊《ゆうれい》が言います。ルウ子は、あわてて幽霊《ゆうれい》をにらもうとし、足もとをぐらつかせました。

「ブンリルーのこと？　にてなんかないわ。年はおんなじくらいだと思うけど、あたし、あんなふうじゃない」

「そうかなあ。いじけた感じなんか、よくにてると思うよ」

階段《かいだん》は、塔《とう》の上のほうまで、幾本《いくほん》も交差しながらつづいています。コウモリガッパがないのだと思うと、うでにとりはだが立つようでした。

それにルウ子は、ふつうのレインコートさえ着ていません。ルウ子のお気に入りの、うす緑のレインコートは、リンゴリンガの汽車の中です。雨が降《ふ》っていないのですから、なくても平気なはずですが、ルウ子は切符《きっぷ》を買わずに電車にのってしまったような、とりかえしのつかない気分にゾワリと体をふるわせました。

思ったよりもきゅうな角度で、階段《かいだん》はルウ子を床《ゆか》からひきはなしてゆきます。ここはきっと、翼《つばさ》のある者がつかうための建物にちがいないと、ルウ子は足もとに意識を集中しながら、思いました。

あとすこしで、反対のかべに着くというとき——

真上《まうえ》から降《ふ》ってきた声が、ルウ子の足を決定的にぐらつかせました。

「ルウ子、ここにいた!」

それはルウ子のよく知る声で、ルウ子はその名前を呼《よ》んでこたえたかったのですが、口から出たのは裏《うら》がえった悲鳴だけでした。

「ひゃあっ!」

バランスをくずし、ルウ子の体は、階段《かいだん》からなげだされました。——落ちます!

「キャーッ!」

絶叫《ぜっきょう》したのは幽霊《ゆうれい》で、恐怖《きょうふ》のあまり、ルウ子の手をつかむことも思いつかないようでした。

まにあうでしょうか。ルウ子めがけて、ハヤブサのように天井《てんじょう》から急降下《きゅうこうか》してくる、青い影《かげ》は——

十五　〈おこぼれたち〉

床《ゆか》にぶつかる、そう思って目を閉《と》じたとほとんど同時に、上からのびてきた手はルウ子をつかまえるのに、成功しました。

元気なはばたきの音がし、遊び仲間を見つけた子グマみたいな声で、

「来たよ、ルウ子！」

ホシ丸くんが、さけびました。

片手《かたて》をつかまれ、もうつま先が床《ゆか》にふれそうなところで宙《ちゅう》ぶらりんになったまま、ルウ子はすぐには、口をきくことができませんでした。階段《かいだん》から落ちた拍子《ひょうし》に心臓《しんぞう》がひっくりかえって、もとにもどれなくなったかのようです。

ふにゃりと床《ゆか》に落ちた幽霊《ゆうれい》の体は、おどろきと安心のために、溶《と》けたアイスクリー

ムみたいに、ひしゃげてひろがりました。

ホシ丸くんは、服の背中《せなか》からはえた青い翼《つばさ》ではばたきながら、ルウ子といっしょに床《ゆか》に着地しました。あいかわらずはだしのホシ丸くんの足と、ルウ子の長靴《ながぐつ》とが、まっすぐな床《ゆか》をふみました。

ホシ丸くんはいつものとおり、ぼさぼさの髪《かみ》の毛《け》からおでこの星マークをのぞかせ、いたずら好きの顔をはつらつとさせています。……と、みるみるその目がまるくなり、横にひろがっていた口が、すぼんでゆきました。

「なんだよ、ルウ子。そんなおっかない顔して」

そう言われて、ルウ子ははじめて、自分がしかめっつらでホシ丸くんをにらんでいたのに気がつきました。あわてて手で頬《ほお》をおさえ、ぎゅうぎゅうと動かします。

「ずいぶんさがしたんだぜ。ひどいや、お茶の時間だと思ったのに、みんないないんだもん」

だけど、これがあればだいじょうぶ……そう言うように、ホシ丸くんはおでこのいちばん星のマークを、指でこすってみせました。

「ホ、ホシ丸くん、どうやって……」

どうやってここまで来たのか、たずねようとしたルウ子の目の横を、ふわりとかすめてゆくものがありました。

「――サラ？」

思わず妹の名前を呼《よ》んでしまったのは、それが、まったくサラにそっくりだったからです。けれど、サラよりもずっと小さな体をしたその生きものは、人間の女の子ではありませんでした。

羽毛《うもう》でできた傘《かさ》をさした、それは、一羽の小鳥だったのです。

「あたしのこと？　呼《よ》んだの？」

床《ゆか》のすれすれまで下降《かこう》し、ふたたび浮《う》きあがりながら、小鳥はおもちゃのような高い声を発しました。ルウ子はまばたきもわすれて、その生きものをしげしげと見つめました。つるりと白い羽におおわれた体は、空を飛ぶ鳥というよりは、南極のペンギンににてずんぐりとしています。くちばしもひらたく、おでこにはくるりとそりかえった飾《かざ》り羽《ばね》がはえています。その飾《かざ》り羽《ばね》は、おでこでくったサラの前髪《まえがみ》にそっくりでしたし、体をおおう羽の色は、サラのレインコートと同じ白でした。なにより、その手（正しくは、翼《つばさ》）に持った、きゃしゃな傘《かさ》――サラが〈夢の力〉でつくりだした翼《つばさ》の傘《かさ》に、うりふたつではありませんか。

ルウ子の頭のおくで、パチリと電気がはぜました。

「と……鳥の姫《ひめ》？」

すると小さな白い鳥は、もともとまるい目をいっそうきょろりと見開きました。

「まあ！　あたしのことを、どうして？」

いったい、どうした偶然《ぐうぜん》でしょう。砂漠《さばく》の鳥の国のお姫《ひめ》さま、サラがさがすとやくそくした存在《そんざい》が、ホシ丸くんといっしょにあらわれるとは……

と、ホシ丸くんのズボンのポケットがもぞもぞと動き、あらたな二匹《ひき》の動物が、口々《くちぐち》にさわぎたてながら顔を出しました。

「待つんだ待つんだ。なんだって、鳥の姫《ひめ》のことを知っている？」

「まったく！　見たところ、寸分《すんぶん》たがわず、ただの人間のようですが」

それは、ぎょろりと大きな目をしたヤモリと、ぎざぎざのとがったヒレを持つ、魚でした。ルウ子はぎょっとしましたが、三つの声をどこかで聞いたおぼえがあるのに気がつきました。一か所は、市立図書館で――もう一か所は、暗闇《くらやみ》のトンネルで。自在師《じざいし》がまねしてみせた、それはまちがいなく、あの三つの声でした。

「〈おこぼれたち〉？」

ルウ子のことばに、息を飲んだのは三匹《びき》の生きものたちです。小さな生きものたちは色めきたって、六つの目を白黒させました。

「なんだって、この子、そんなことを知ってるの？」

「まったく、じつに珍妙《ちんみょう》なことです！」

「もしやもしや――この娘《むすめ》、自在師《じざいし》なのでは？」

鳥の姫《ひめ》ははげしく空中を上下し、ヤモリは体をくねらせて、ホシ丸くんの頭の上まではいのぼりました。魚だけが、ポケットにおさまったままです。

「ルウ子、知りあいだったの？」

きょとんとしているホシ丸くんに、ルウ子はぶんぶんとかぶりをふりました。

「ちがうわ。それに、あたしは自在師《じざいし》じゃないわよ」

塔《とう》の荘重《そうちょう》な静けさを、小さな生きものたちはおかまいなしにかき乱《みだ》します。

「ああ、あたしたち、自分から自在師《じざいし》のとこへ飛びこんじゃったのね！」

「もはやもはや、これまで！」

「なんとおそろしいことでしょう。天候大納言《てんこうだいなごん》のもとから逃《のが》れ、外の世界にまで行ったというのに……自在師《じざいし》の魔《ま》の手《て》をかわすことは、やはりかなわなかったのです」

さわぎつづける三匹《びき》を無視《むし》し、ホシ丸くんがルウ子と幽霊《ゆうれい》にむかって、声を張りあげました。

「〈雨ふる本屋〉にいたんだよ、こいつら。びっくりしたなあ、お店へ行ったら舞々子《まいまいこ》さんはいないし、フルホンさんはなんだかブツブツ言いながら寝《ね》てるしさ。

こいつら、あちこちから本をひっぱりだしてシオリとセビョーシをこまらせてたもんだから、ぼくがつれてきたんだ。それぞれ、もとのうちもあるみたいだしね」

ホシ丸くんは胸《むね》を張って、鼻の下をこすります。どうやら、この三匹《びき》をもとのすみかへ送りとどけるという、あらたな冒険《ぼうけん》を見つけて、ごまんえつのようです。が、いまは、冒険《ぼうけん》どころではないのです。ルウ子はホシ丸くんの元気さも、さわぎたてる三匹《びき》の奇妙《きみょう》な生きものたちもおさえつけるようにして、大きな声を出しました。

「サラを、外でサラを見なかった？　あたしたち、自在師《じざいし》にここへ閉《と》じこめられたの。サラもいっしょにいたのに、消えてしまったのよ」

ただならないようすに、ホシ丸くんも生きものたちも、水をあびせられたようにだまりました。ホシ丸くんが、小さくかぶりをふります。

「いいや、見てないや。……ぼくたち、この塔《とう》へ入る前におかしなことがあったんだ。声が聞こえたと思って、こっちへむかってたんだよ。声っていうのが、幽霊《ゆうれい》の悲鳴にそっくりだったから。汽車の煙《けむり》も見えた。なのにさ、もうすぐ着くっていうときに、ぼく、わすれちゃったんだ――なにしにこっちへ飛んでるのかも、だれの声を聞いたのかも。高くあがってた煙《けむり》も、折りたたまれるみたいに消えちゃって、でも、とにかく塔《とう》を見てみようと思ったんだ。そしたら、木の枝にこれがひっかかってて――」

そこでホシ丸くんは、ズボンのおしりのポケットに手をつっこみました。指でつまみだしたのは、このうえもなくまっ白な、一枚《まい》の羽根でした。羽根はクモの巣にかかっていたらしく、銀糸《ぎんし》のような細い細い糸が、きらきらとまといついています。

「これを見つけたとたんだったよ。幽霊《ゆうれい》の悲鳴のことを思いだしたのは。それまで、ぼく、悲鳴のことも幽霊《ゆうれい》のこともわすれちゃってたんだ。幽霊《ゆうれい》と、それに、ルウ子のこともだよ。だって、この羽根を見たとたん、頭の中に、幽霊《ゆうれい》とルウ子のことがよみがえってきたんだもん。でも、この羽根、だれのだろう？　なんだって、ルウ子たちのことをわすれてたんだろう？」

話しながら、ホシ丸くんはまゆ根《ね》をよせて首をひねります。ホシ丸くんのしぐさにつられるように、考えの糸が、ルウ子の頭からおずおずとたぐりだされました。

「……それが、魔法《まほう》だったのかしら。ブンリルーは、『だれもルウ子のことを知らないようにしてやる』って言ったもの。きっと、塔《とう》の外にいる人たちは、ホシ丸くんみたいに、みんなあたしとヒラメキのこと、わすれちゃったんだと思うわ。……だけど、サラの傘《かさ》からとれた羽根が、もしかしたらブンリルーの魔法《まほう》に、やぶれ目をつくったのかもしれない」

でも、もしそうだとすると、舞々子《まいまいこ》さんたちは、ルウ子をわすれたままに、列車といっしょに行ってしまったのでしょうか……？

そもそも、サラが舞々子《まいまいこ》さんたちといっしょかどうか、それすらわからないのです……けれど、ぞろりと胸《むね》にうごめく不安も消しさるほどに、傘《かさ》からとれた羽根はまっ白でした。まぶしさを結晶《けっしょう》させた純白《じゅんぱく》と、一切《いっさい》の狂《くる》いなくりりしく張った羽根のたたずまいが、ルウ子に勇気を出しなさいと命じているようでした。

サラに会うためには、とにかく先へ進まなくては。

「あんたたち、市立図書館にいたわよね？　あそこで、なにをしていたの？」

するると、ホシ丸くんの頭の上からおでこへ移動したヤモリが、猫目石《ねこめいし》のような目で注意深くルウ子を見つめました。灰色《はいいろ》とエメラルドグリーンのまだらの体をしたヤモリは、くねくねと動く宝飾品《ほうしょくひん》みたいです。

「まさかまさか、自在師《じざいし》にそのことを話すわけがない」

「だから、あたしは自在師《じざいし》じゃないわ。自在師《じざいし》はブンリルーでしょう。あたしは、ルウ子」

が、ヤモリも魚も小鳥も、うたがわしそうな目をルウ子にむけています。

「ルウ子もブンリルーも、にたようなものに聞こえますがね」

「なにがなんだか、ややっこしいなあ。自在師《じざいし》ってだれさ？」

ホシ丸くんが、耳のうしろをかきながら首をかしげました。

幽霊《ゆうれい》が、キィキィと声を高くします。

「わがはいたち、そのブンブルーって女の子に、ここへ幽閉《ゆうへい》されたんだよぅ！　でも、閉《と》じこめたその子がいないんだ、どこかへ消えちゃった!」

一瞬《いっしゅん》、だれもが口を閉《と》ざし、紙の塔《とう》の中に、もとの静けさがもどりました。

「……つまりあんたたちも、自在師《じざいし》にかどわかされたっていうの?」

鳥の姫《ひめ》が、傘《かさ》で回転しながら細い声でたずねます。

「さいしょから、そう言ってるでしょう?」

傘《かさ》の回転が止まり、小鳥の顔が、まっすぐルウ子のほうへむきました。

「じゃあ、あんたは、自在師《じざいし》じゃあないのね? たしかにあたしたちは外の世界へ行ったけれど、あんたこそ、あんなところでなにをしていたの? だれの手先として、あたしたちの話を盗《ぬす》み聞《ぎ》きしたの?」

「だれの手先でもないったら! あたしと妹のサラは人間だもの、外の世界にいるのはふつうのことだし、図書館であんたたちの話を聞いたのは、たんなる偶然《ぐうぜん》だったのよ。それに、聞いて。あたしと妹のサラは、鳥びとたちの国へ行ったのよ。サラは、鳥の姫《ひめ》とまちがえられて、鳥たちにお姫《ひめ》さまをさがしてくるってやくそくしたの。だから、あんたがほんとうの鳥の姫《ひめ》なら、いっしょに来てくれなくっちゃ」

ルウ子の真剣《しんけん》な声に、三匹《びき》のおもちがみるみるかわってゆきました。

「あたしの国へ、行ったんですって！　砂漠《さばく》の中の、鳥の国へ！」

鳥の姫《ひめ》が、ピルル、とかん高いさえずりをあげると、翼《つばさ》の傘《かさ》の羽毛《うもう》が、ふうっとふくらみました。

「あんたが自在師《じざいし》と戦う者だというのなら、話しましょう。この青い鳥の男の子も、あたしたちに手を貸してくれるようだし」

そう前置きをしてから、鳥の姫《ひめ》はまた傘《かさ》を回転させ、ルウ子、ホシ丸くん、幽霊《ゆうれい》の顔が順番に見えるようにしながら言いました（ルウ子は、べつに自在師《じざいし》と戦っているわけではありませんが、いまはだまっておくことにしました）。

「あたしたちは、本をさがしていたのよ。どこにある、なんという本か、くわしいことはわからないんだけれど、自在師《じざいし》が読みたがっている本。きっと、自在師《じざいし》にいまよりもっとおそろしい力をあたえる、魔法《まほう》の本にちがいないの。その本を見つけて、自在師《じざいし》の手にわたらないようにしちゃおうというの。でないと、いまより強くなった自在師《じざいし》をなんて、たおせっこないもの」

ルウ子の頭に、〈おこぼれたち〉が本を燃やしてしまおうと言っていたことがよみがえりました。ブンリルーに、いまよりも大きな力をあたえる魔法《まほう》の本……それを手に入れて、自在師《じざいし》は、どうしようというのでしょう。

「できるの？　たおすなんて、そんなこと……」

ルウ子のとまどいを、〈おこぼれたち〉の声がふみつけます。

「いかにもいかにも、たおさぬかぎり、自在師《じざいし》はまた来るにちがいない」

「そうです。砂漠《さばく》の鳥の姫《ひめ》、こちらは〈燃ゆる岩屋《いわや》〉の宝《たから》の番人、そしてわたくしは、暗沼《くらぬま》の魚の主《あるじ》です。それぞれに値打《ねう》ちある一匹《ぴき》ずつ、見つからずにはすみますまい」

三匹《びき》とも、〈おこぼれたち〉なんていう呼《よ》び名《な》ににあわず、ずいぶんとりっぱな役目を持っているようです。

ルウ子は、また考えました。たしかに、このままでは、ルウ子も〈おこぼれたち〉と同じ心配をしていなければならないでしょう。つまり、〈雨ふる本屋〉へ帰ったとしても、またいつ自在師《じざいし》がやってくるかもわからないのです。それでも……塔《とう》の中で、泣きそうな顔でどなったブンリルーは、ただの、ちっぽけな女の子に見えました。ルウ子と同じ、ただの女の子に……

（だからって、あんまりだけど。でも……ひどいことされたのに、サラは鳥びとたちをたすけるってやくそくしたんだわ）

そう思ったとき、ふとルウ子の目に、一行の文章が飛びこんできました。

『ほんとうにそれを探《さが》しにゆくとしたら、おまえは、象牙《ぞうげ》のろうそくに地底の炎《ほのお》をともしてゆかなきゃならない。』

目の錯覚《さっかく》でしょうか。高い窓《まど》からそそぎこむ光の柱《はしら》が、ちらちらゆれる木《こ》もれ日《び》のように床《ゆか》の上を移動して見えたのです。そして、光はべつの場所のべつの文章を、明るく照らしました。うんと目をこらさなければ、わからないほどかすかに……

『〈百の鏡《かがみ》の間《ま》〉の設計図を小説のページのあいだにかくしたが、その他多くの資料にまぎれてしまい、見つけるのは非常に困難《こんなん》である。』

こまかな文字を拾って読むうちに、また、光のほこさきが移動しました。ルウ子はすばやく追いかけます。塔《とう》の中で、ひみつのパズルがくみあわさってゆくようでした。

『かわいそうな、はぐれ魚《うお》は、冬枯《ふゆが》れた庭園のかたすみ、にごった噴水池《ふんすいいけ》の底で、日に日に、わるい魔法《まほう》を蓄《たくわ》えていく。』

ルウ子の心臓《しんぞう》が、トンと深くうちました。まるで、ブンリルーのことのように、思われたのです。その文章が書かれた紙はうんと古いもので、自在師《じざいし》とはてんでかんけいのない、おとぎ話の一ページらしいのですが……

「おーい、なにしてるのさ」

きゅうに床《ゆか》のあちこちを走りはじめたルウ子を、みんなふしぎそうに見ています。ルウ子は床《ゆか》から目をはなさないまま、肩《かた》ごしに声をなげました。

「待って。自在師《じざいし》のことが、書いてある……ううん、そうじゃないんだけど、ここに、この塔《とう》に、書いてあるの……」

『ウサギ人形が、なれた手つきでカードをくります。切《き》っ先《さき》するどいトランプによって、呪《のろ》いにやぶれ目が作られました。』

そのとおり、サラの傘《かさ》の羽根《はね》が、自在師《じざいし》の魔法《まほう》にやぶれ目を生んだのです。

つぎに読んだ文章は、こうでした。

『船長が、さけんだ。「行くぞ、何としても、あの巨大生物《きょだいせいぶつ》を捕《と》らえるんだ。やつめ、この嵐《あらし》にまぎれて、雲の上へすがたをくらます気だ」』

巨大《きょだい》生物？　あごに手をあてて、しばらく考えてから、ルウ子ははっとしました。

舞々子《まいまいこ》さんが、汽車の中で言っていたことば――〈大きなお方〉に会ってきた、ということば。ルウ子たちももしかすると、そこへ行くべきなのでしょうか。ブンリルーが〈おこぼれたち〉をとどけようとした、天候大納言《てんこうだいなごん》のもとへ。

『もちろんですとも。さあ、いいかげん、その大きすぎるおしりをあげて、魔法《まほう》をはじめるとしましょうよっ』

うきうきするような一文を読んだとき、鳥の姫《ひめ》が飛んできて、ルウ子の肩《かた》からのぞきこみました。

「ねえ、ひょっとして、なにかおそろしいことを考えていない？」

「どうして？」

光を目で追いながら問いかえすルウ子に、鳥の姫《ひめ》はごく短い警告《けいこく》のさえずりをあげます。

「だってあんたって、やっぱり自在師《じざいし》にどこかにてるもの。いま、なんだか、獲物《えもの》にしのびよるコウモリみたいに見えるわよ」

そしてまたルウ子がたどり着いた文章は、いままでとちがい、手書きの文字でした。ずいぶんきたない文字なので、すぐには読むことができません。

『なぜに、わたしが、イグアナの骨《ほね》をくらうか、だと！　決まっているだろう、おそるべきことをこの身にとりこむ方法でこそ、怨敵《おんてき》をうちくだくことがかなうのだ。いざ、ゆくのだ、もはやおそれることなどなにもない！』

ルウ子ははねあがるようにして、顔をあげました。それは、この塔《とう》へやってきたとき立っていた、幽霊《ゆうれい》が原稿《げんこう》をなくしてしまった場所でした。いま読んだのは、幽《ゆう》霊《れい》が書いた文字だったのです。なんてへたくそで、なんて、自信にみちた文字でしょう。ありったけの力をこめるものだから、紙がゆがんで、よけいに読みにくいのです。

（物語って、こんなふうに書くのかしら。こんな、体ごとぶつかるみたいにして）

そうしてルウ子は、塔《とう》の中を見あげました。いくつも、いくつもの物語、深い知識やはるかなひらめき、ほろびることのない音楽、たいせつなだれかへの、かけがえのない手紙――こんなに、あきれるくらいに、たくさんのことが書かれてきたのです。美しいものを、すばらしいなにかを、さがしつづけて。

「いざ、ゆくのだ」

自分の中にそのことばがやどるのをたしかめるように、ルウ子は書かれた文字をつぶやきました。幽霊《ゆうれい》と〈おこぼれたち〉は、なにごとかと目をまるくしましたが、ホシ丸くんは元気に手をうち鳴らしました。

「冒険《ぼうけん》に、だよね！」

ルウ子は笑顔で、ホシ丸くんにふりむきました。これから口にすることばが、〈おこぼれたち〉をまた大さわぎさせるのは当然でしたが、かまうもんですか！

「もちろん。――あたしたち、まずは、天候大納言《てんこうだいなごん》のところへ行かなくちゃ」

十六　天気の百ツ辻《ももつつじ》

あんのじょう〈おこぼれたち〉は、ルウ子のことばを聞くなり、口々《くちぐち》にわめきはじめました。

「やはりやはり、自在師《じざいし》の仲間だったんだろう！」

「天候大納言《てんこうだいなごん》のとこですって！　行くわけがないでしょう！」

「そうですとも。われわれは命からがら、きゃつから逃《に》げてきたというのに」

しかし、いちばんけたたましく抗議《こうぎ》の声をあげたのは、幽霊《ゆうれい》でした。

「もう！　やっつけるとかたおすとか、そんな物騒《ぶっそう》なことは、よそでやってよぅ。わがはいは、汽車へもどらなきゃあ……わがはいがもどらなかったら、原稿《げんこう》はどうなっちゃうのよぅ……サラちゃんの乗車賃《じょうしゃちん》を、だれがはらうのよぅ……」

顔をおおって、めそめそ泣きだすしまつです。けれど、幽霊《ゆうれい》にも、いっしょに来てもらうよりありません。

「ヒラメキも行くの。汽車がどこへ走っていったか、わかる？　この冒険《ぼうけん》をするしか、サラたちとまた会う方法も、ないのよ」

幽霊《ゆうれい》の涙《なみだ》がピタリと止まり、顔も体もこわばりました。

「それに、あたし、コウモリガッパがないから、たすけてもらわないと飛べないの」

ホシ丸くんが、そでで口をおさえてプーッと吹《ふ》きだしました。

「覚悟《かくご》しないとね。ルウ子って、すごく重いんだもん。――さあ、そうときまれば、出発しよう！」

あわてたのは、〈おこぼれたち〉です。鳥の姫《ひめ》はコマのように回転しながら、ホシ丸くんの鼻先で、ピィピィと警告《けいこく》の声をあげました。

「じょうだんじゃないったら！　あたしたちいったい、なんのために逃《に》げてきたっていうの」

必死な鳥の姫《ひめ》に、ホシ丸くんはケロリとして、首をかしげます。

「だって、自在師《じざいし》をやっつけるんだろう？　魔法《まほう》の本ってのは、さがしたけど見つからないんだし、じゃあこんどは、べつの方法もためさなきゃ。天候大納言《てんこうだいなごん》ってなにか、ぼく、知らないけどさ」

かわいそうな〈おこぼれたち〉は、背骨《せぼね》をぬかれたようにうなだれました。鳥の姫《ひめ》がホシ丸くんの肩《かた》に座《すわ》りこんでため息をつくと、ヤモリはするするとポケットにはいもどり、魚はすっかり顔をかくして、三匹《びき》ともだまりこみました。

いよいよホシ丸くんの翼《つばさ》が、宙《ちゅう》をうちました。はだしのつま先が紙の床《ゆか》をけって、あっというまに空気とたわむれはじめます。幽霊《ゆうれい》はうしろからルウ子をかかえ、よろよろと浮《う》かびあがってつづきました。ルウ子は首をねじってふりむき、幽《ゆう》霊《れい》をはげましました。

「もう、そんなに落ちこまないで。原稿《げんこう》には、あんなに勇ましいせりふを書いてたくせに」

するとルウ子たちのまわりをすばやく一周しながら、ホシ丸くんがからかうではありませんか。

「落ちこんでるんじゃなくって、ルウ子が重いんだよ」

「ホシ丸くん!」

ふくざつに交差《こうさ》する階段《かいだん》の橋をすりぬけて、一行はまっすぐ真上《まうえ》へ飛んでゆきました。かべを形づくる紙の、遠くて読めない文字が、みるみる下へ下へしりぞいてゆきます。ルウ子はぐっと上をむいて、光があふれてにじむ天井《てんじょう》だけを見つめました。

やがてすぐに、真上《まうえ》にあるのは天井《てんじょう》ではないのがわかってきます。塔《とう》には天井《てんじょう》も屋根もなく、ぽかりと開いたてっぺんの部分から、むこうが見えないほどの光があふれこんでいるのです。神さまがのぞく万華鏡《まんげきょう》のような、まっ白な光の中へ入った瞬間《しゅんかん》、あまりのまぶしさに目を閉《と》じなければなりません。——ふっとまぶたになつかしい色がにじんだと思うと、そこはもう、青空のもとでした。

ホシ丸くんは塔《とう》を出ると、自分の顔がむいているほうに進路をとり、ふりかえってルウ子にたずねました。

「で、その天候大納言《てんこうだいなごん》っていうのは、どこにいるんだい？」

ルウ子は幽霊《ゆうれい》につかまれて飛びながら、塔《とう》をふりかえりました。なんという高さでしょう。塔《とう》をとりかこむ、かんぺきな円を描《えが》く川も、広大な森も、地面に絵の具で描《えが》かれた絵のように見えます。ホシ丸くんの言ったとおり、森のどこからも、汽車の煙《けむり》はなびいていませんでした。まっ赤な汽車は、もうどこかべつの目的地をさして、走りさってしまったのです。ルウ子たちを、のせないままに……

「たぶん、空の高いところだと思うわ。雲の上とか……」

ルウ子の返事があやふやなのも、むりはありません。舞々子《まいまいこ》さんはあのとき、〈大きなお方〉がどこにいるかなんて言いませんでしたし、ブンリルーにしたって同じです。天候大納言《てんこうだいなごん》というのがどこにいて、どんなすがたをしているのか、ルウ子はなにも知らないのです。

「それじゃ、電々丸《でんでんまる》と同じ雨童《あめわっぱ》のすみかみたいなところかい？　電々丸《でんでんまる》だって、雲の上にすんでるんだから」

ホシ丸くんが手近の雲をさがそうと、きょろきょろと空を見わたしたときでした。

「ゆめゆめ、ゆめゆめ、そんなに甘《あま》く見るものじゃない」

ポケットから頭をのぞかせて、ヤモリが目玉をぎょろりと光らせました。

「そうですとも。天候大納言《てんこうだいなごん》がすまうのは、雨雲の海のおく深く、日照《ひで》りの砂漠《さばく》のさいはて、吹雪《ふぶき》の牙《きば》のつらなる先、稲妻《いなずま》の林のそのまたむこう――」

魚のことばを、鳥の姫《ひめ》がひきつぎます。

「天気の百ツ辻《ももつつじ》を、こえたところよ」

ルウ子、ホシ丸くん、幽霊《ゆうれい》は、ぱちくりとまばたきをかわしました。

「天気の百ツ辻《ももつつじ》？」

「そうですとも。もっともおそろしいところを通りぬけないことには、天候大納言《てんこうだいなごん》のすみかにはたどり着けないわ」

そう言ってから鳥の姫《ひめ》は、とまっていたホシ丸くんの肩《かた》から浮《う》かびあがり、くちばしを胸毛《むなげ》にうずめて考えこみました。

「だけど、こまったわね。天気の百ツ辻《ももっつじ》をこえるには、雨か風かを呼《よ》びよせる方法が必要なの。自在師《じざいし》は、あの杖《つえ》で天気を集めていたけれど――」

「そんなら、ぼくにやらせてよ！　前に、電々丸《でんでんまる》から、雨雲を呼《よ》ぶ指笛《ゆびぶえ》の吹《ふ》き方《かた》をならったんだ」

はだしの足で宙《ちゅう》をけりあげ、ホシ丸くんが頬《ほお》をかがやかせます。鳥の姫《ひめ》、そしてヤモリも魚も顔をしかめて目を見かわしましたが、やがてそれぞれに、ちっぽけなため息をこぼしました。

「しかたがない。あたしたちも、どうやら逃《に》げようがないみたいだし、あんたたちに協力することにするわ。塔《とう》のそばじゃあぶないから、もっとひろい場所をさがしましょう」

白い傘《かさ》に風をはらんで、鳥の姫《ひめ》は飛びはじめました。まだちっぽけなヒナ鳥なのに、その飛び方には迷いがありません。ついてゆきながら、ルウ子はたずねずにいられませんでした。

「鳥の姫《ひめ》、どうしてそんなにしてまで、自分の国に帰りたいの？　帰ったって、あんたはほかの鳥びとたちのために、危険《きけん》な見張り役をするだけじゃない」

ちょうど真上《まうえ》あたりにある太陽の光線《こうせん》をうけて、翼《つばさ》の傘《かさ》が雪のようにきらめきます。

「ずいぶん、おかしなことを聞くのね！　なぜって、あそここそが、あたしのふるさとだからよ。あんたはもしかして、あたしが見張り役をおしつけられて、かわいそうとでも思ってる？　とんでもない、タマゴの中から持っていたこの天傘《あまがさ》にかけて、国のみんなをまもれないなんていう不名誉《ふめいよ》は、ほかにはないわ！

あんたは、知らないでしょう。砂漠《さばく》の夜空の星座《せいざ》を読むときの、世界の芯《しん》とつながるようなよろこび。オアシスの塔《とう》が、夜明けに砂漠桃《さばくもも》の色にそまるとき、まあたらしい一日にじかにふれる手ざわり。砂漠《さばく》の、はてのない静けさ。とぎれ目のない時間を葉っぱにして数えつづける、オアシスの緑のツタ……砂《すな》の中を、音もなく泳ぐヘビ。赤い目をしたサソリ。どんなにきびしい暑さにも飢《う》えにも耐《た》える、やせた狐《きつね》のしんぼう強さ……」

鳥の姫《ひめ》の声が、ゆるぎなく空気にきざみつけられてゆきます。

「鳥びとたちは、星を観測《かんそく》して、星座《せいざ》の物語を書きつらねて、オアシスの植物を世話して、ずっとずっと暮《く》らしてきた。砂漠《さばく》にすむヘビともサソリとも戦わないで、たった一羽の見張りに、自分たち全員の命をあずけて。……そのいとなみが、ほかのだれかの役に立つのかどうか、あたしたちは知らない。あたしたちが知ってるのは、自分たちのすむ場所が、どんなにきびしくて残酷《ざんこく》で、美しいかということ。自分たちのつつましい暮《く》らしが、これ以上なくゆたかで、そして、世界でそこにしかないということ。

鳥びとには鳥びとの、生き方があるのよ。あんたの物差《ものさ》しで、世界じゅうのなんでもはかれると思ったら、大まちがいだわ」

ルウ子はなにも言えず、風が目に入らないよう、まばたきをくりかえしました。

(サラは、わかってたのかしら。あの鳥びとたちが、ひどいわけじゃないって——ただ、あたしたちとちがうだけなんだって)

鳥の姫《ひめ》に導かれて、ルウ子たちは飛びつづけました。森はやがてとぎれ、眼下《がんか》には広大な草原が、緑のさざなみをはてなくなびかせています。

「ここなら、だいじょうぶだわ」

鳥の姫《ひめ》が言い、一行は、着陸するため高度をさげてゆきました。ホシ丸くんは、わくわくしきって、鼻を大きくふくらませています。

「ためしてみるチャンスを、待ってたんだ！　電々丸《でんでんまる》は、雨童《あめわっぱ》じゃないと自分の雨雲を持ってないから、指笛《ゆびぶえ》を吹《ふ》けてもむだだって言ったんだけど」

ルウ子は、あっけにとられました。

「それじゃ、呼《よ》べるかどうか、わかんないじゃない！」

「うまくいくさ。雨童《あめわっぱ》より鳥のほうが、天気にはくわしいんだから」

ホシ丸くんは、まったくいつもの調子です。

「いい？　四つの方角へむかって、雨風を呼《よ》ぶの」

鳥の姫《ひめ》が教えます。つま先が草にふれるやいなや、ホシ丸くんは、輪にした指をかまえ、めいっぱいすいこんだ空気を吹《ふ》きだしました。

ピイィ————イィ！

高らかな指笛《ゆびぶえ》は、だだっぴろい草原のうんとはてまで、一瞬《いっしゅん》でひびきわたりました。体のむきをかえ、東へ、南へ、西へ、北へ——

しばらく、なんの変化もあらわれませんでした。空はぽっかりと青く、ルウ子の長靴《ながぐつ》を、草がさやさやとくすぐっています。やっぱり、ホシ丸くんの鳴らす指笛《ゆびぶえ》では、だめだったのでしょうか……緊張《きんちょう》と期待で胸《むね》につまっていたみんなの呼吸《こきゅう》が、ため息にかわろうとしたときです。

さいしょに異変《いへん》を感じとったのは、幽霊《ゆうれい》でした。体じゅうに静電気《せいでんき》が走るみたいに、ピリピリする、と言うのです。

「来るわ、まちがいない」

鳥の姫《ひめ》も、全身のにこ毛を逆立《さかだ》てます。ヤモリも魚もまだうんと遠い気配《けはい》を察知するため、神経をとぎすましました。いっぽう、かゆいところをさがしまわるような幽霊《ゆうれい》の動きが、みんなの気をちらしました。

「ちょっと、ヒラメキ。静かにしててよ」

いごこちが悪そうに体をくねらせる幽霊《ゆうれい》に、ルウ子はまゆをつりあげました。

「わかってるよう。でも、でも、しびれてくすぐったいんだよう……」

空気に、こげくさいにおいがまじります。地面の草が、嵐《あらし》が来るのをさとった猫《ねこ》の背中《せなか》の毛のように、ざわつきだしました。

いつのまにか太陽はすがたをかくし、かげった空に、遠いうなり声をあげながら風が流れてゆきます。ルウ子はきつく手をにぎりしめ、まばらに吹《ふ》きつけるつむじ風が、ホシ丸くんの髪《かみ》の毛《け》を逆立《さかだ》たせるのを見やりました。

と、ルウ子の長靴《ながぐつ》を、うすい雲のかけらがかすめてゆきました。それは霧《きり》やもやではなしに、たしかに小さな雲でした。ルウ子たちは、地面に立っているというのに――氷水《こおりみず》にふれたかのように、ルウ子の足はつめたくなりました。

「あれ、なんだろう?」

遠くを見晴《みは》るかして、ホシ丸くんがなにかを見つけました。空のむこうに、灰色《はいいろ》の帯《おび》のようなものが横へのびてつらなるのが、ルウ子たちにもわかりました。と、みるまにそれはこちらへ近づいてきて、どす黒い影《かげ》の部分と、かがやかしい光をふくんでそそりたつ頂上《ちょうじょう》からなるすがたを、あらわしました。

「すごい、雲の船団《せんだん》だ!」

ホシ丸くんが、感激《かんげき》しきってさけびます。何千何百という雲の群《む》れが、一団となってこちらへおしよせてくるのです。

ゴォン、ゴォンと、空気をうならせながら、雲の船団《せんだん》は近づきます。こんなに巨大《きょだい》な、こんなにくっきりとした影《かげ》を持った雲を、ルウ子は見たことがありませんでした。

雲の群《む》れが草原を天井《てんじょう》のようにおおったとき、べつの方角から、するどい風が吹《ふ》きつけてきて、船団《せんだん》を斬《き》りつけ、けちらしはじめました。凍《こお》るようにつめたい風と、焼《や》きつくような熱風とがからみあいながら、凶暴《きょうぼう》な竜《りゅう》さながらに襲《おそ》いかかるのです。地面がおののく気配《けはい》が、足の裏《うら》から頭のてっぺんへつきぬけます。短い草の葉先《はさき》を、目にもとまらないはやさで、雨の玉がはぜてゆきます。

どおおおぉん――雷《かみなり》の一撃《いちげき》が、空ぜんたいをひずませます。それをあいずに、巨《きょ》大《だい》なうずをなして、雲と風とがまざりあいます。世界がきしむほどのはやさでまわるうずの中を、青や金色の稲妻《いなずま》がめぐり、きなくさいにおいをはなちます。

それはまったく、体の芯《しん》が砕《くだ》けそうな光景でした。ゆううつな灰色《はいいろ》を澄《す》んだ稲妻《いなずま》がひきさいて、乱暴《らんぼう》な風はむらさきの雨をひきずりまわし、ふみにじられた積乱雲《せきらんうん》を、上空《じょうくう》の日の光がきらきらかに洗《あら》い――

ルウ子たちの真上《まうえ》で、あらゆる雲と風、雨と日と雷《かみなり》とが、より集まってごったに戦い、そして、歌をうたっているのでした。ぶつかってたがいをおしのけ、消されあい、まじりあいながら、それはたしかに、ばく大な音色《ねいろ》をつらねた歌を鳴りひびかせています。

「これが――天気の――百ツ辻《ももつつじ》よ！」

雷《かみなり》と風の音に負けないよう、鳥の姫《ひめ》がかん高くどなりました。

「すごいや、ぼく、こんなのはじめて見たよ！　天候大納言《てんこうだいなごん》ってのは、あの嵐《あらし》の中にいるの？」

どなりかえすホシ丸くんの声は、偉大《いだい》な冒険《ぼうけん》を前に、髪《かみ》の毛《け》の先までスリルを感じて張りつめています。

「そうよ――あたしたち――自在師《じざいし》にさらわれて、ここをくぐりぬけたの――！」

「くぐりぬける？」

ルウ子の声は、天気たちの歌声に飲みこまれて、だれにも聞こえませんでした。

あの大うずの中へ飛びこむなんて――そんなことをしたら、死んでしまいます！

（まさか、舞々子《まいまいこ》さんも電々丸《でんでんまる》も、こんなところを通っていったはずなんて、ないわ）

そう思ったルウ子を見とがめるように、強烈《きょうれつ》な光が照りつけました。太陽です。まるはだかの太陽がとつじょあらわれ、天気のうずの中心をつらぬいて、なさけようしゃのない光線を浴びせているのです。

ルウ子は、幽霊《ゆうれい》が蒸発《じょうはつ》して消えてしまうのではないかと思いました。ルウ子やホシ丸くんの頬《ほお》やひたいも、ジュッと音がしそうなくらい熱くなります。

風と雲はさらに速度をまして回転し、雨がらせんにうずまいて、日の光をも巻《ま》きこみながら、天気の柱《はしら》を地上へのばしてきました。やがてそれは、地面と上空をつなぐ竜巻《たつまき》になって、ルウ子たちの眼前《がんぜん》にそそりたちました。竜巻《たつまき》は草原の草をひきちぎり、土と泥《どろ》をすいあげて暴れます。

「さあ、行くわよ」

鳥の姫《ひめ》がさけび、まっしぐらに天気の大うずめがけて、飛びこみました。ちっぽけなうしろすがたは、ひとかけらの綿《わた》ボコリよりもあっけなく、一瞬《いっしゅん》で見えなくなりました。

「くわばらくわばら、雷《かみなり》よ、黒焼《くろや》きヤモリにしてくれるな！」

「天日《てんぴ》でひからびるのも、ごめんです」

あとの二匹《ひき》も、お祈《いの》りだかなんだかわからないことばを口々《くちぐち》に言って、覚悟《かくご》をきめたようでした。

「ルウ子、行こう！」

ホシ丸くんが手をつかみ、巨大《きょだい》な天気の柱《はしら》へむかって青い翼《つばさ》をはばたかせました。

幽霊《ゆうれい》は、雷《かみなり》の感電《かんでん》にたえかねて、ホシ丸くんを追いぬくいきおいで竜巻《たつまき》へ飛びこもうとします。

「わがはい、わがはい、生きて帰って、原稿《げんこう》のつづきを書かなくっちゃ――！」

もう死んでいるくせに、と頭に浮《う》かんだことばが、ほかの意識ごと、ルウ子の頭《ず》がい骨《こつ》から吹《ふ》き飛《と》んでゆきました。

あっというまに、視界《しかい》はまっ白になり、らせんのうずにとりこまれて、のぼってゆきました。目で見ることもできないほどの、巨大《きょだい》な天気の柱《はしら》の中を――

十七　タユマユラ

しんと、静かです。あんなにふるえて猛《たけ》り狂《くる》っていた空気は、この世のはじまりからいちども動いたことなんてないみたいに、どこまでも澄《す》みきり、静まりかえっています。

ルウ子は声もあげずに、高い天井《てんじょう》をささえるまっすぐな柱《はしら》のつらなりを見あげていました。さっきまでの、風も雨も、雪も雷《かみなり》も燃える日ざしも――みんなどこかへ消えさり、空気はかんぺきに凪《な》いでいます。

大きな建物の入り口らしいところに、ルウ子は立っていました。真珠色《しんじゅいろ》の石でできた、巨大《きょだい》な寺院か神殿《しんでん》のような建物です。

ふりかえると、水気をたっぷりとふくんだ雲が空色をうつしてたいらにひろがり、真水《まみず》の海のようにかなたまでつづいています。それならこの建物は、空に浮《う》いているのでしょうか。とするとルウ子は、天気の百《もも》ツ辻《つつじ》をぬけて、空の上へのぼってくることができたわけです……かすみがかった頭で、ルウ子が考えていると、明るい鳥の声がひびいてきました。

ピチクリ、というさえずりとともに、はてしない空色の中にもくっきりときわだって飛んできたのは、ルリ色の小鳥です。ルウ子の肩《かた》にとまると、小鳥のすがたのホシ丸くんは、プルプルと翼《つばさ》をふるわせました。

「やあ、のどがかわいたんで、あそこいらの雲をすこし食べてきたんだけど、静電《せいでん》気《き》がのこってて、ソーダ水《すい》みたいだったよ」

「ホシ丸くん！　よかった、あたし、ひとりになっちゃったかと思ったわ」

じっさい、ホシ丸くんのすがたを見るまで、ルウ子はひどくぼんやりとしていて、自分がひとりだということにも気づいていなかったのです。いまやっと、心臓《しんぞう》があわててはたらきだし、うでにも足にももとどおり、感覚がもどりました。と同時に、肺《はい》がきゅうっとちぢむような、おそれと不安がわきあがってきます。

「すごかったねえ！　見たかい、つららみたいにとがった雹《ひょう》！　イッカククジラの牙《きば》みたいでさ、ぼくの耳のすぐそばを飛んでったんだよ。それに、稲妻《いなずま》の裂《さ》け目《め》をぎりぎりにくぐりぬけるときのスリルったら！　──ものすごい冒険《ぼうけん》をしたんだぞ。ぼくたち、天気の百ツ辻《ももつつじ》を、通りぬけてきたんだ」

興奮《こうふん》したようすで、ホシ丸くんが宙《ちゅう》がえりをうちます。ルウ子は、あっけにとられました。暴風雨《ぼうふうう》にもみくちゃにされたことはおぼえていますが、目を開けてまわりを見るなんて、あの天気の大うずの中で思いつきもしませんでした。どんな音がしたかだって、聞こえていなかったほどです。

「ねえ、幽霊《ゆうれい》と〈おこぼれたち〉は？」

この建物の入り口らしき場所には、ルウ子とホシ丸くんしかいません。まさか、幽霊《ゆうれい》も〈おこぼれたち〉も、天気の大うずに飲みこまれたままなのでは……

ところが、

「キャ――ッ！」

空気をつんざく大絶叫《だいぜっきょう》が、ルウ子の悪い想像をうちやぶりました。いまのかん高い声は、まちがいありません、幽霊《ゆうれい》です！

「こっちだ！」

ホシ丸くんがすばやくはばたき、ルウ子はそのあとを追って、走ります。

青白い真珠色《しんじゅいろ》の床《ゆか》や柱《はしら》は、鏡《かがみ》のようにルウ子とホシ丸くんをうつします。まるで、人よりももっと大きな体を持った者のためつくられたかのように、建物は巨大《きょだい》です。ホシ丸くんのすがたを見うしなわないよう、ルウ子は走ります。コウモリガッパがあれば、ホシ丸くんにピタリとならんで飛ぶことができるのに……長靴《ながぐつ》の足音が、しんとどこおった空気をかき乱《みだ》し、不安をふくらませます。

柱《はしら》の立ちならぶ広間をかけぬけ、暗い廊下《ろうか》に入りました。鏡張《かがみば》りの通路をすぎ、水路《すいろ》をまたぐガラスの橋をわたり、モザイクもようの小部屋をぬけて、ルウ子たちは、大きな扉《とびら》の前までやってきました。真珠色《しんじゅいろ》のつややかな表面には、細い金線《きんせん》で、雲と鳥たちと舞《ま》う花の絵物語が装飾《そうしょく》されています。その美しい扉《とびら》のおくから、さわがしいさけび声は、もれでていました。

「あっちへ行って、行ってってったら！　わがはいを食べても、味のないゼリーだよ、おいしくないよぅ！」

「覚悟《かくご》しなさい、天候大納言《てんこうだいなごん》。あ、あたしたちは、もどってきたわ」

「い、いかにも、いかにも。お、お、おぬしと、自在師《じざいし》を、や、や、や……」

「やっつけのめし、ぶちたおすのです！」

幽霊《ゆうれい》と〈おこぼれたち〉の声です。みんな、天気の大うずをぬけてこられたのです！　すぐにも中へ入ろうとするルウ子を、ホシ丸くんが止めました。

「待って、ルウ子」

ルウ子の頭の上にのって、ささやきます。

「どうして？　だって……」

ホシ丸くんは翼《つばさ》の先で、扉《とびら》のおくをさししめしました。

「中のようすも知らないで、いきなり入ってって、どうするのさ?」

たしかにそうです。ルウ子がそっとのぞきこむと、ぶるぶるふるえている幽霊《ゆうれい》、それに〈おこぼれたち〉の小さなすがたが見えました。みんなの視線《しせん》の先へ目をうつすと——

ルウ子の背《せ》すじが、ビクリとこわばりました。

それははじめ、室内のかべをぐるりとふちどる、大ぶりな飾《かざ》りかと思われました。床《ゆか》やかべとそろいの、白々《しらじら》とつやのある色をしていたからです。それが、ごくゆっくりと動いているようすから、生きものなのだということがはっきりしてきました。上質な瀬戸物《せともの》にたうろこが、おくゆかしく反射《はんしゃ》します。ひとかかえもふたかかえもありそうな太くて長い胴《どう》は、何メートルつづくのでしょう。かべぎわをぐるぐると幾重《いくえ》にもとりまいて、それはゆるやかなとぐろを巻《ま》いています。

あれが、天候大納言《てんこうだいなごん》なのでしょうか——あの陶器《とうき》のように白い、竜《りゅう》のように巨大《きょだい》なヘビが。

「はやく、たすけないと！」

ルウ子は、頭の上のホシ丸くんに呼《よ》びかけました。〈おこぼれたち〉ばかりか幽《ゆう》霊《れい》までもが、このままではヘビにまる飲みにされてしまいます。

そのとき、はるかな空色の目をしたヘビが、落ちついた声でしゃべりました。

「そんなにおびえては、外にいるお仲間が、こわがって入ってこられませんよ」

そう言って、ちろちろと舌をちらつかせます。ルウ子の体の芯《しん》が、ぞっとふるえあがりました。きっとあのヘビは、ルウ子たちを食べてしまうつもりです。あんなに大きいのです、〈おこぼれたち〉を三匹《びき》とも食べたって、おなかがくちくなるはずもありません。

（でも舞々子《まいまいこ》さんは、〈大きなお方〉と会って話したって言ってたわ）

だからこそ、ルウ子も天候大納言《てんこうだいなごん》に会おうと思ったのではありませんか。まさか、たずねてきた者をまる飲みにするような怪物《かいぶつ》と、舞々子《まいまいこ》さんだって話ができるはずがありません……

そのとき、白い傘《かさ》が目にとまりました。床《ゆか》の上の綿《わた》ボコリのようにふるえている鳥の姫《ひめ》が持つ、天傘《あまがさ》。サラが、〈夢の力〉で翼《つばさ》の傘《かさ》をつくりだしたのなら……ルウ子にもできるはずです。想像力をつかって、あのヘビに、せめて自分たちをほんものよりも強く思わせるなにかを、出すことが。

(ヘビより強いものが、いっしょにいればいいんだ。たとえば、力持ちの巨人《きょじん》とか……ううん、それよりも、大きなワシがいいわ。鉄の翼《つばさ》の、獰猛《どうもう》なワシ)

ルウ子は意識を集中させて、銀色のワシを思い描《えが》きました。するどいかぎづめ、ナイフのようなくちばしに、赤く燃える目……鋼鉄製《こうてつせい》の羽の一枚《まい》一枚《まい》まで、目に見えるように、こまやかに想像しました。翼《つばさ》のきしみが聞こえるようです……

ところが、頭が痛《いた》くなるほど想像力をはたらかせても、なにも起こりません。

「……………」

ルウ子はただ、まばたきをしました。力をこめてまばたきをしても、自分がこの世界にいないような、たよりなさを追いだせません。

「入っていらっしゃい。わたしは、小さな生きものを食べたりはしませんよ」

深い真水《まみず》をくむような声が、おだやかに言いました。ホシ丸くんが、サッとルウ子のポケットにもぐりこみます。いざというときの、かくし玉になろうというのです。

ふみだす足が、自分のものではないみたいでした。ぎこちない足どりで、ルウ子は部屋の中へふみ入りました。

とたんに、空気がすっと軽くなります。明るい室内はひろびろとしていて、澄《す》んだ空気の中に、ひんやりと甘《あま》いかおりがみちています。ルウ子は一瞬《いっしゅん》、自分が空の上を歩けるようになったのかと思いました。というのも、この部屋の床《ゆか》が、白い石と透《す》けたガラスの市松《いちまつ》もようになっていて、ガラスの部分からは下の空がすっかり見えるようになっていたからです。空は水色に澄《す》んでいて、浮《う》かぶ雲は水晶《すいしょう》をけずったかき氷を思わせます。やはりこの建物は、空に浮《う》いているのでした。

高い円天井《まるてんじょう》にはガラスのはまっていない窓《まど》がいくつも開いていて、空の色がさんさんとこぼれこんでいます。部屋の中はがらんとひろく、調度品《ちょうどひん》も装飾《そうしょく》もありません。

近くへよると、ヘビの大きさよりも、その美しさのほうが目をみはらせました。なんと繊細《せんさい》なつくりのうろこが、狂《くる》いなくならんでいることでしょう。白いうろこはほのかなばら色や金色を透《す》かし、天井《てんじょう》から入る光をやわらかな白銀色《はくぎんいろ》に反射《はんしゃ》しています。その、おわりのないもようの反復、そしてなによりも目をひきつける、迷うことなくまっ青なふたつの瞳《ひとみ》。

ヘビに表情があるのかどうかわかりませんが、ルウ子はそのおもざしが、どこか舞々子《まいまいこ》さんににていると思いました。

おそれがどこかへ飛んでゆき、ルウ子の心が静まったのを、ヘビがみとめてうなずいたようでした。

「ひゃああ、た、たすけてよう。わがはいたち、あの天窓《てんまど》から入ってきちゃったのよう。た、た、食べてもおいしくないよう、おなかをひやしちゃうだけだよう」

幽霊《ゆうれい》がくずれそうにふるえながら、必死でルウ子にしがみついてきます。

ルウ子は部屋じゅうにとぐろを巻《ま》くヘビを見あげて、それから、こう言いました。

「自在師《じざいし》が、あたしの妹をどこかへやったんです。ブンリルーのこと、このままにしてちゃだめ。だれかが、たすけなきゃ」

ポケットの中で、ホシ丸くんが首をかしげたのがわかりました。幽霊《ゆうれい》もぽかんとし、〈おこぼれたち〉も、かたまります。いちばんおどろいたのは、ルウ子自身でした。口に出して言ったとたん、胸《むね》が苦しくなりました。

ヘビはなめらかな首をもたげ、ルウ子の顔をのぞきこみました。

「あの子のことを、心配してくれるのですね。あれは、かわいそうな子どもです。おろす根《ね》を持たず、どこへめぐることもできない。どんな天気にもまじることができない、まったくはぐれた、つむじ風なのです」

その声は、かすかな頬笑《ほおえ》みをふくんで、とどかないほどの高みを吹《ふ》く風のひびきを思わせました。きっとこのヘビなら、なにもかも知っている気がしました。ルウ子が、わからないでいること、ぜんぶをです。

ホシ丸くんが、ぴょこりとポケットから頭を出し、なりゆきを見まもりました。

「根《ね》っこがないって、どうして？　帰る家が、ないっていうこと？」

「もちろん、あの子には、帰る家などありません。生み親もありません。あの子は、どこへも行けない迷子なのです」

「だけどブンリルーは、あなたに食べものを持ってこようとしたんでしょう。その、つまり……ここがブンリルーの帰ってこられる場所では、ないの？」

えんりょがちなルウ子のことばに、ヘビの声音《こわね》が深みをおびました。

「ここに暮《く》らすのは、もともとわたしひとりです。わたしはただ、ここから天気を見ているのが好きなのです。あの子が大雨の中をひとりでただよっているのを見つけて、すこしのあいだ、ここでいっしょにすごしましたが」

苦笑いでもするように、ヘビはふたまたの舌をちろちろとゆらめかせました。

「天候大納言《てんこうだいなごん》、などとぎょうぎょうしく呼《よ》ぶ者もあると聞きますが、わたしにはひとにぎりの雲にさしずする力だって、ないのです。天気たちは、自分で好きに動きます。わたしは、その天気たちが循環《じゅんかん》するのをながめているのが、好きなだけなのです。ですから、天候大納言《てんこうだいなごん》という呼《よ》び名《な》も、わたしにはつかわしくはありません。わたしの名前は、タユマユラというのです」

そのふしぎな名前のひびきは、輪のように空気を伝わり、この場にいるみんなの体の芯《しん》に、くっきりとした波紋《はもん》を描《えが》きつけました。

その波紋《はもん》がとどくのを見とどけてから、ヘビは、タユマユラは、大きな頭をうなずかせました。

「さあ、おたずねなさい。わたしはなにもかもを知るわけではありませんが、きっとあなたの知りたいと思うことになら、こたえられるでしょう」

十八　タユマユラの話のつづき

かべに青いかげを落としながら日はなごやかに照り、床《ゆか》の市松《いちまつ》もようのガラス部分からは、水晶《すいしょう》のかき氷の雲が青空をわたってゆくのが見えています。なにもかもが、白と青とでできていて、ときおりちらつくヘビのもも色の舌が、はっとするほどあざやかです。

「自在師《じざいし》って、なんなんですか？　鳥の国の鳥びとたちは、わざわいだって言ったわ。ブンリルーは、好きでなったんじゃないって言った。いったい自在師《じざいし》って、なんなの？」

　質問はルウ子の口から、手品師《てじなし》がくりだすリボンのようにするすると出てきました。

ヘビの目の青色が、いっそう深まって見えます。天候大納言《てんこうだいなごん》は、あたりまえのことのように、ルウ子の質問にこたえてくれました。

「このすきまの世界の、ただひとつのさかさねじ、それが自在師《じざいし》です。すきまの世界は、かなわなかった願いごとたちの世界。この世には、どんなちっぽけな願いでも、ただくじかれて消えてゆくだけにはしておかない、大きな見えない力があるのです。その力は、ついえた願いをすくいとり、よみがえらせるためにはたらきます。ちょうど、生きもののむくろやふんを、小さな虫や草の種が、やがてべつな形へ生きかえらせるように。

ただ、あらゆる願いごとをすべてかなえつづけては、世界に入りきらなくなってしまいます。そこで、願いごとたちのためだけの、小さなすきまができていったのです。それがどんどんふくらんで大きくなったのが、このすきまの世界」

わくわくするときのくせで、ホシ丸くんが、ピチュンと短くさえずります。

「外の世界、と呼《よ》ばれる場所で、かなわずにちっていった、どんなにささやかな願いも、どんなにばかげた願いも、いちど死んで種になり、すきまの世界で芽ぶいては、好きほうだいにあざやかに、育ってゆくのです。

だからこの世界は、とても気まぐれでしょう。砂漠《さばく》と雨の町がとなりあっていたり、だれもつくった者の存在《そんざい》しない建物が、大昔からそこにあったり、死に絶えたはずの生きものが、歩いていたり、ね？　とてもでたらめで、にぎやかで、どれもがうれしそうでしょう。わたしはこの世界を、とても好きです」

ルウ子は、すなおにうなずきました。ルウ子も、このしっちゃかめっちゃかなすきまの世界が、心から好きでした。

ヘビは、よどみなくつづけました。

「けれど、かなわなかったはずの願いごとを生きかえらせ、それで世界を形づくるというのは、どこかでつじつまがあわなくなるものなのでしょう。この世界には、まだたくさんのすきまがあり、そこへ入りたがっている願いごとたちも、とぎれることがないのですから……　つじつまのあわない世界をそのままにしておいては、世界ぜんたいがいずれ崩壊《ほうかい》してしまいます。そのために、だれかが世界のつじつまあわせをするしくみが、長い時間の中でできたらしいのです。大きなしくみを修正するための、さかさねじ――それが、自在師《じざいし》。正しくは、自在文字《じざいもじ》のペンです」

足もとがゆれるようなおどろきが、ルウ子を襲《おそ》いました。ルウ子、そしてサラの好きなこの世界に、そんなもろさがあっただなんて……そして、それをなおす役目を、ブンリルーがせおっているだなんて。

「自在文字《じざいもじ》のペンって、ブンリルーの持っている、あの大きな杖《つえ》のことですか？これはペンだ、って言っていたけど……」

「そう。ほんとうは、あのペンこそが、世界を正しく書きなおす力を持っているのです。すきまの世界に崩壊《ほうかい》の危機《きき》がおとずれるとき、あの自在文字《じざいもじ》のペンが、おく深くかくされた場所からあらわれて、自分をあやつる書き手をさがすのです。自在《じざい》師《し》とは、つまるところ、ペンを動かすための手にすぎません。役目をはたし、この世界がまたとどこおりなく動きだせば、消えてしまうのが自在師《じざいし》です」

「消えてしまう？」

ルウ子の脳裏《のうり》に、ねじれた骨《ほね》のような杖《つえ》をあやつるブンリルーのすがたがよみがえりました。自分の背《せ》よりも大きなあのペンをつかって、すきまの世界を書きなおすこと――そのあと消えてしまうのが、あの子の役目だなんて。

「でも、だって、それじゃあまるで、自在師《じざいし》がいけにえみたいじゃない。ほかのみんなのために、ひとりだけで世界のつじつまをあわせるなんて、そんなの……」

鳥の姫《ひめ》と同じ、そう言いかけて、ルウ子はあわててことばを飲みこみました。ルウ子がひどいと思うだけで、鳥の姫《ひめ》にとっては、自分が危険《きけん》からみんなをまもることが、ほこらしい役目なのです。でも、ブンリルーは……

ルウ子は、ブンリルーがどうしてあんなにうつろでさびしそうだったのか、やっとわかりました。なぜ、あのねじくれた疑問符《ぎもんふ》のようなペンに、いつもすがりついていたのか。

「けれどそれによって、すきまの世界は存在《そんざい》することができているのです。自在師《じざいし》は、この世界のためにあらわれるのです。大きな危機《きき》から、このすきまの世界を、ひとたびは敗《やぶ》れた願いごとたちを、救うために」

ルウ子ははっとして、肩《かた》をふるわせました。すきまの世界の、崩壊《ほうかい》の危機《きき》とは……フルホン氏の、絶滅《ぜつめつ》かぜです！　それでは、ブンリルーは、フルホン氏がかぜをひいたために自在師《じざいし》になったのでしょうか？　やせこけた骨《ほね》のようなペンをにぎって、世界を修正する文字を書くためだけに、世界のひびわれをひとりでせおった、影法師《かげぼうし》のように。

そのとき、声を張りあげたのは、鳥の姫《ひめ》でした。

「だけど、それだったら、自在師《じざいし》はどうして自分の役目をはたさずに、かんけいのないあたしたちをさらったりしたっていうの？　そんな大きな役目をせおっていて、なぜ、それをまっとうしようとしないの？」

その小さな目は、怒《いか》りを燃やして光っていました。鳥の姫《ひめ》にとっては、たいせつな役目をはたさずにいる自在師《じざいし》が、ゆるしがたいらしいのです。羽毛《うもう》をピリピリとさかだてている鳥の姫《ひめ》に、ヘビは澄《す》みきったまなざしをむけました。

「それは、わたしがあの子をかまったせいかもしれませんね。あの子は、心のやさしい子どもです。わたしが食べるようにと、小さな生きものをさらってきたりして。わたしは天気ばかりを見て長く生きてきたせいで、もう口から食べることも、飲むこともないというのに」

鳥の姫《ひめ》はおどろきのために、体がまんまるになるほど羽毛《うもう》をふくらませ、ほかの二匹《ひき》もあんぐりと口を開けました。

「食べないんですって？」

「それではそれでは、われわれは、まったくのむだにこんな場所へかどわかされたのか！」

「自在師《じざいし》め、じつにわざわいの申《もう》し子《ご》です――気高《けだか》い身分のわれわれに、〈おこぼれたち〉などと不名誉《ふめいよ》な呼《よ》び名《な》をつけておいて！」

〈おこぼれたち〉は、かんかんに怒《おこ》っています。

血管《けっかん》をソーダ水《すい》がめぐっているかのように、ルウ子の心はざわつきます。タユマユラが知っているかどうか不安に思いながら、こうたずねました。

「ブンリルーが自在師《じざいし》になったのは、〈雨ふる本屋〉の店主のフルホンさんが、絶《ぜつ》滅《めつ》かぜをひいたせいかもしれないわ。絶滅《ぜつめつ》かぜの呪《のろ》いのせいで、すきまの世界がほろんじゃうかもしれないいんだもの。フルホンさんのかぜがなおったら、ブンリルーは、自在師《じざいし》じゃなくなるかも……絶滅《ぜつめつ》かぜをなおす方法を、知ってますか？」

大きな白ヘビはごくかすかに目を細めて、ルウ子の顔をのぞきこみました。

「絶滅《ぜつめつ》かぜのことなら、妖精使《ようせいつか》いからも聞かれましたよ。わたしは言ったのです、あなたがたの知りあいに、必要としているものを売ってくれる店の主《あるじ》がいるのじゃないか、と」

「あっ！」

ルウ子は目を見開き、ホシ丸くんも「ピチュン」と高く鳴いて、ポケットから飛びだしました。幽霊《ゆうれい》は目玉を明滅《めいめつ》させて、ルウ子とホシ丸くんをかわるがわる見やります。

「だれの話？　そんな便利な知りあい、いたっけ？」

「なに言ってるの、ヒラメキ！　七宝屋《しっぽうや》さんよ！　ああ、列車の中で、どうして思いつかなかったんだろう？」

七宝屋《しっぽうや》のお店にならフルホン氏のかぜをなおすお薬だって、あるにちがいありません！　なにしろ七宝屋《しっぽうや》は、お客が必要としているものを見ぬいて、それを売るお店なのですから。

「だけど、舞々子《まいまいこ》さんも知ってるんだろう？　だったら、いまごろ、もうお薬を買ってるさ。フルホンさんがおとなしく飲むかどうかは、わからないけど」

ホシ丸くんが元気にはばたきまわるのにたいして、ルウ子は、胸《むね》の内側がただれはじめるような不吉《ふきつ》さを感じていました。

「……おかしいわ。ここで七宝屋《しっぽうや》さんのことを聞いたのなら、舞々子《まいまいこ》さんは、すぐにお薬を買ったはずなのに」

クモの舞々子《まいまいこ》さんは、七宝屋《しっぽうや》が汽車にのっていることを知っています。だとすれば、もとのすがたにもどった舞々子《まいまいこ》さんにも、それはわかったはずです。それなのに舞々子《まいまいこ》さんは、火山コショウが見つからなかったということしか、言いませんでした――

いいようのないあせりにかられて、ルウ子は身をのりだしました。

「ブンリルーは、いま、どこにいますか?」

するとタユマユラは上へむかって、もも色の炎《ほのお》のように舌をちらつかせました。

「あの子なら、せんからわれわれの話を聞いていますよ。ほら、そこに」

ヘビの目が、たしかに笑っています。ルウ子たちは、いっせいに上を見あげました。天窓《てんまど》のわくに、雷雲《かみなりぐも》が置きわすれていった小さな一点のかげりのようにして、ブンリルーがこちらを見て立っています。

「……カエルの店で、買い物なんてしちゃいけないわ」

ぼそっと声をなげ落とし、まゆを低くくもらせて、自在師《じざいし》は、にぶい灰色《はいいろ》をした目で、じっとこちらをにらんでいました。黒い三つ編みを、いまはだらりと肩《かた》の前にたらして、ブンリルーは、言ったのです。

「絶滅《ぜつめつ》かぜの、お薬なんて、ない。フルホンさんは、長い長い呪《のろ》いのことばをはいているの。だから、絶滅《ぜつめつ》からは逃《に》げられない」

十九　かけられた呪《のろ》い

「で、出たわね、自在師《じざいし》！」

〈おこぼれたち〉が、色めきたちます。

が、自在師《じざいし》は、自分がさらってきた生きものたちをちらといちどだけ見やると、あとはもう、無視《むし》してしまいました。

「いったい、どういうこと？　どうして、舞々子《まいまいこ》さんは……」

見あげるルウ子のことばを、自在師《じざいし》の声がさえぎりました。

「あたしは、自在師《じざいし》よ。なんだって、書きなおせる。舞々子《まいまいこ》さんがお薬を手に入れる方法を知ったことだって、なかったことにできるのよ。あたしは、書いたの、お薬が手に入らずに、フルホンさんが絶滅《ぜつめつ》の呪《のろ》いをかけてしまうって。だから、この世界は、そのとおりになる」

怒《いか》りでもない、憎《にく》しみでもない暗い表情が、ブンリルーの顔を燃やしました。ルウ子と年のかわらない女の子が、そんな救いのない表情をやどすことが、いっそうブンリルーを不吉《ふきつ》に見せます。

「サラは？　ブンリルー、サラをどこへやったの？」

胸《むね》の中にうずまく恐怖《きょうふ》が、ルウ子のひざをふらつかせます。ブンリルーのまゆが、けわしくくもりました。

「……知らない。あの子は、傘《かさ》で魔法《まほう》をしのいだもの。どこへ行ったのか、知らない」

ぼうぜんとするルウ子の頬《ほお》に、ブンリルーの三つ編みの影《かげ》がかかります。

そこへホシ丸くんが、口をはさみました。

「サラなら、舞々子《まいまいこ》さんといるにきまってるさ。だって、魔法《まほう》に勝ったんだろう。それに、すきまの世界を絶滅《ぜつめつ》させちゃうなんて、フルホンさんがするわけないじゃないか。そんなことしたら、もう本が読めなくなっちゃうよ」

その声の調子があまりにもけろりとしているので、いましがた自在師《じざいし》がつげた絶望的なことばが、公園で友達に言うじょうだんに思えるほどでした。

「……そうだわ。フルホンさんは、だれよりも本が好きなんだから。物語の塔《とう》の中で、あんなに、あんなに読んだんでしょう、ブンリルー、あんただって」

ブンリルーは、まゆをぎゅっとよせ、こわばった視線《しせん》をルウ子に送ってきます。

「……そうよ、読んだ。だからあたしは、なにを書くか、自分で考える」

「ブンリルー、あたしたちを、塔《とう》へ閉《と》じこめたのはなぜ？　あんたは、見てほしかったんじゃないの、あのたくさんの物語のきれはしを。あんなにたくさん、たくさんの人が、ずーっとずーっと、この世界がどんなふうだか、書いてきたんだって

……」

ルウ子の舌は、もどかしくもつれます。あの紙の塔《とう》で見た光景を、インクのにおいと光の柱《はしら》を、書きつらねられた文字たちが、こりもせずくりかえすたったひとつのほめ歌を、この子だって、ブンリルーだって、たしかに知っているはずなのに

……

ブンリルーは、まるでただひとりの味方にすがりつくようにして、ねじれた杖《つえ》をきつくにぎりしめます。

〈おこぼれたち〉三匹《びき》は、たがいによりかかりあっておしくらまんじゅうをしながら、自在師《じざいし》をにらみつけています。幽霊《ゆうれい》は、おどろきの連続で故障《こしょう》でもしたみたいに、口を開けてぽかんとつっ立っています。タユマユラは、じっとだまって、この場にいる小さな生きものたちみんなを、見まもっていました。

「ほんとうはなにがしたいの？　世界をほろぼすなんて、あんたが書きたいのは、そんなことなの？」

ルウ子は、めいっぱいのきびしい顔をして、自在師《じざいし》を見すえました。ブンリルーは表情をこわばらせながらも、自分よりも弱い相手を見おろすように、天窓《てんまど》からこちらをにらんでいます……その目はなぜか、いちども白ヘビのほうを見ようとしません。

と――ブンリルーの背後《はいご》の空が、にわかにむらさき色をにじませてゆきました。こっくりと濃《こ》いその色は、じわじわと空の青をむしばんでゆき、白かった雲を灰色《はいいろ》ににごらせます。

風がどよめき、自在師《じざいし》は、静電気《せいでんき》で三つ編みを逆立《さかだ》たせました。

「ほら、あそこ、見える？　ドードー鳥が呼《よ》びよせたんだわ、昔ながらの、隕石《いんせき》」

おののいてゆがんだ雲のむこうに、ギラリと凶暴《きょうぼう》に光る星がありました。むらさきにぬりこめられた空に、いてつくようにかがやいています。それが動いているのかどうか、ここから見あげても、まだわかりませんでした。

「や、や、やだよう！」

それまで、クラゲのように口をきかずにいた幽霊《ゆうれい》が、飛びあがりました。

「わがはい、わがはい、まだまだ書かなきゃならないのにぃ！　ほろびちゃうなんて、そんなのこまるよ、なんとかしてよう！」

「なんとかって、言ったたって――」

しがみついてくる幽霊《ゆうれい》から顔をのけぞらせながら、ルウ子はブンリルーと、その背後《はいご》の不安におののく空を見くらべました。

ほんとうに、フルホン氏は呪《のろ》いをかけてしまったのでしょうか。上空にぎらつくひとつ星は、光のすじを四方《しほう》になびかせ、はるか遠くからこちらをにらんでいます。

（そんなはずないわ。フルホンさんがこの世界をほろぼしちゃうなんて、ホシ丸くんの言うとおり、あるわけない……それに、ブンリルーのほんとにしたいことって、こんなことじゃないはずだもの……）

ルウ子は、全身に力をこめて祈《いの》るように、そう思いました。ブンリルーの、ほんとうにしたいこと。わかりそうな気がするのです、なぜか、ルウ子にも……。

「やれやれ、ほんとうにこまった子。これでは、わたしのながめる天気がだいなしですよ」

やわらかな声は、天候大納言《てんこうだいなごん》のものです。ヘビはなめらかに鎌首《かまくび》をもたげると、天井《てんじょう》ぎわまで体をのべ、窓《まど》わくにいるブンリルーとむきあいました。

ナマズ色の三つ編みに、ピリッとするどい稲光《いなびかり》が走ります。ブンリルーはいま、タユマユラの目の前に立っています。

「……見て、〈雨ふる本屋〉のドードー鳥が呼《よ》んだ隕石《いんせき》。どんどんこっちへむかってるわ。あたし、なんだってできるでしょう？　どんな大きなことだって、できるでしょう？　だって、あたし――」

〈おこぼれたち〉よりもさらにふるえているブンリルーの声を、ヘビのたおやかな声がさえぎりました。

「ええ、おまえは、自在師《じざいし》ですから。すきまの世界で、おまえにできないことは、ひとつとしてありません。けれどもね、ブンリルー。おまえは、うそをつくのと自分の心をごまかすのが、ほんとうにへたですね」

それはまるで、お母さんが小さな子どもをなだめるときの声でした。小さな子が、わけもわからずにひどいいたずらをして、それがどんなに悪いことだか、これから言って聞かさなければ、そう静かに覚悟《かくご》をきめているような。

そうして天候大納言《てんこうだいなごん》は、遠い天と深い地の底の両方からひびく二重の声で、こう言ったのです。

「おまえは、自在師《じざいし》をやめるべきですよ」

ヘビが、ばくりと口を開けました。剣《つるぎ》のような牙《きば》のならぶ口は、開けてしまうとブンリルーの背《せ》たけをふたまわりもこえています。

その口で、タユマユラはためらいもなく、ブンリルーを飲みこんでしまいました。あまりにも一瞬《いっしゅん》の、よどみのないできごとでした。ゴクン、とヘビの白いのどがうねり、あとはただ、静まりかえった室内に、暗いむらさきに染《そ》まった空がかげりを落としているばかりです。

「ブンリルー！」

ルウ子は、さけぶなり、なにも考えずにヘビにかけよっていきました。目の前がまっ赤になって、体じゅうで血がどくどくとさわいでいます。

「なんてことするの！　食べちゃうなんて、どうして？　あたし……あたし、あの子と友達になろうと思ってたのに！」

するとタユマユラは、頭をルウ子のほうへめぐらせて、どこかうれしそうに言いました。遠い深いひびきのままの声で。

「きっと、そう言うと思っていました」

そしてごくしぜんに、もういちど口を開け、ルウ子をだいじにつつむようにして、のどのおくへつれてゆきました。——

二十　遠くにある童話

暗くて深い場所に、ルウ子はいるようでした。はじめには、お墓の中にいるのかと思いましたが、そこはもっと、どろどろとにぎやかな気配《けはい》のする場所でした。はるか深くから、古い古い絵物語たちがわきいで、おわることのない魔法《まほう》の紋様《もんよう》を描《えが》きつづける――そこは、ブンリルーにつれられて通った、あの暗闇《くらやみ》の大トンネルでした。

目を開けているのかいないのか、ルウ子にはわかりません。あたりは、まっ暗闇《くらやみ》なのです。サラといっしょに〈雨ふる本屋〉からつれさられてきたときには、自在《じざい》師《し》のまとう明かりがありましたが、いま、ルウ子のそばには明かりを持つ者はだれもありません。

ルウ子は、ひとりぼっちでした。

ブンリルーにつれられてきたときと同じく、体は宙《ちゅう》に浮《う》いています。上も下も、かべとどのくらいはなれているのかも、わかりません。自分の手足さえ暗闇《くらやみ》に飲みこまれて、見ることができないのです。トンネルのかべに彫《ほ》られた絵物語の、古い力の気配《けはい》だけが、空気にみちみちて、肌《はだ》にも肺《はい》にもまとわりつきます。

ここへ来る前どこにいたのか、思いだすのにすこし時間がかかりました。さいしょによみがえったのは、剣《つるぎ》にもつららにもにた、タユマユラの長い牙《きば》と、ふたまたにわかれたもも色の火のような舌です。おそろしいはずのその光景は、とても美しく感じられました。白ヘビの口に飲みこまれるとき、それが、精密《せいみつ》でやわらかな花のように見えたのです。

つぎにふしぎに思ったのは、ヘビに飲みこまれたはずなのに、いったいどうしてここにいるのか、ということです。ルウ子はなぜ、先に飲みこまれたブンリルーといっしょに、ヘビの胃の中でとかされていないのでしょう?

ぐるぐるとうずを巻《ま》く疑問《ぎもん》のかなたから、かすかな音が、ルウ子の耳にとどきました。……なにかが、追いかけてくるらしいのです。

「おぉぉぉ……い。おぉぉぉ……い」

ヘビに飲まれたときよりも、体がつぶれるほどの恐怖《きょうふ》が襲《おそ》います。それがだれかの声で、そのだれかを知っているとわかるまでに、百年もおそろしさの中に漬《つ》けこまれていた気がしました。

かすかな光がふたつ、暗闇《くらやみ》の中にともりました。声といっしょに、こちらへ近づいてきます。

「おぉぉぉ……い……おーい！」

ルリ色の小鳥が、翼《つばさ》をパタパタとふりまわしました。光っているのは、幽霊《ゆうれい》の目です。ホシ丸くんと幽霊《ゆうれい》とが、大トンネルを超特急《ちょうとっきゅう》で飛んできます。

「おーい、ここよ！」

ルウ子も手をふりかえします。ふたりは、すぐにルウ子に追いついて、幽霊《ゆうれい》がルウ子の手をとりました。

「ひゃああ、よかった、ぶじだったんだね！」

「ねえ、どうなってるの？　あたし、天候大納言《てんこうだいなごん》に食べられたのよね？　どうしてここにいるのかしら？　ホシ丸くんたちは、どうやって来たの？」

ルウ子の口から、矢つぎばやに質問があふれました。幽霊《ゆうれい》の目玉の青白い明かりが、トンネルのかべいちめんのきみょうな絵物語を浮《う》かびあがらせます。大昔の神さまたち、星をはこぶ鳥たち、野をかける牛やシカ、傘《かさ》を持った人、まがった背中《せなか》に麦《むぎ》の穂《ほ》をおった農夫。どれもが、じっくり、じっくりと、影《かげ》をのびあがらせ、うずを巻《ま》くように動いていいます。

「ぼくたちだって、食べられたんだよ。食べられた、というより、口ん中へ入れてもらったのさ」

ホシ丸くんの声が、明るくひびきます。

「それじゃあ、やっぱりここは、ヘビのおなかの中なの……？」

ルウ子の頭は、混乱《こんらん》しました。いくらタユマユラの体が大きかったといっても、この巨大《きょだい》トンネルが入ってしまうわけがありません。

「〈おこぼれたち〉もほら、いっしょに来たんだよ。だけど、ヘビが口を開けたとたん、目をまわしちゃったんで、三匹《びき》とも幽霊《ゆうれい》がしまってくれてるんだ」

ホシ丸くんが、幽霊《ゆうれい》の体をさししめします。幽霊《ゆうれい》の透《す》きとおったおなかの中には、原稿用紙《げんこうようし》といっしょに、三匹《びき》の小さな生きものがおさまっていました。〈おこぼれたち〉は目を閉《と》じてのびていますが、起きたら、ヘビばかりか幽霊《ゆうれい》にも食べられていると思って、また大さわぎをするんじゃないかと、ルウ子は思いました。

「わ、わ、わがはい、おっかなかったけど、女の子ひとりには、しておけないものねえ！　それに、それにさ、あの大きなヘビは、きっとブルブルーちゃんのこと……」

歯の根《ね》のあわない声でしゃべっていた幽霊《ゆうれい》は、ふいに、ピタリと口を閉《と》ざしました。ルウ子とホシ丸くんも、顔をあげて耳をそばだてます。

すすり泣く声が、トンネルのどこかから聞こえてくるのでした。

ホシ丸くんが、サッと翼《つばさ》をひろげて声の出どころをさがしました。ルウ子も空中で手足をばたつかせ、幽霊《ゆうれい》といっしょにホシ丸くんのあとを追います。

かぼそい泣き声は、トンネルのかべの、ちょうど口から花をはやした獣人《じゅうじん》の描《えが》かれたところから、聞こえていました。まるめた背中《せなか》に、三つ編みが二本とも、たれさがったしっぽのようにのりかかっています。ブンリルーは、上も下もないはずのトンネルのかべの一か所に足をつけ、しゃがみこんで泣いていました。

チュン、とひと声だけ鳴いてから、ホシ丸くんはルウ子に先に行けとうながすために、羽をすばやくひらめかせました。そのあいずを見るまでもなく、ルウ子はブンリルーのほうへむかって、泳ぐように近づいていきました。そばまで行くと、そのあたりにだけ重力がはたらいているみたいに、すうっと足が下になって石のかべに着地できます。

ルウ子は、きつく背中《せなか》をまるめたブンリルーを、うしろからのぞきこみました。

「あんたが、なんでもできるんだってほんとう？」

ブンリルーの背中《せなか》が、ピクリとふるえましたが、しまもようの帽子《ぼうし》をかぶった頭は、ひざにうもれたままでした。

幽霊《ゆうれい》もそばに着地し、その頭の上に、ホシ丸くんがまたとまりました。ルウ子はブンリルーのうしろに立ったまま、ことばをつづけました。

「どんな魔法《まほう》でもつかえるんなら、さっきの隕石《いんせき》を消しちゃうことだって、できるわよね？　それに、フルホンさんのかぜをなおすことだって」

ルウ子は、自分の声やしゃべる調子が、うんと大人びてひびくのにおどろいて、一瞬《いっしゅん》まごつきました。が、ますます背《せ》すじをのばすと、肺《はい》をつぎの空気でふくらませました。いま、ルウ子ににつかわしくないほど強い声を出させているのは、きっと正しい力だと、そう感じたのです。

「ホシ丸くんも言ってたけど、フルホンさんが、この世界をほろぼそうなんて、するわけないわ。たとえ絶滅《ぜつめつ》かぜだとしたって。——だって」

そのときルウ子の脳裏《のうり》には、〈書からなる塔《とう》〉の光景がよみがえっていました。はるかな昔から書きつづけられ、つらなってゆく文字の列――

「だってフルホンさんは、あんなにたくさん本を読んでて、きっとこの世界のことが、大好きにちがいないもの。あんたが呪《のろ》いをかけるようにそそのかしたんだとしたら、さっきの隕石《いんせき》は、なんとしたって止めなくっちゃ。あんたの魔法《まほう》なら、できるでしょ？」

うつむいていたブンリルーの背中《せなか》が、大きくゆれました。杖《つえ》がありません。トンネルのどこかに落としたのか、ずっとにぎっていた自在文字《じざいもじ》のペンが、ブンリルーのそばに見あたらないのです。

「……魔法《まほう》なんて、もうない。天候大納言《てんこうだいなごん》さまが、あたしのこと、食べちゃった。あたし、よろこんでもらおうと思ったのに。自在師《じざいし》をやめろって、そう言ったわ。もうあたしのいる場所は、ほんとうにどこにもなくなっちゃった……」

そうして、座《すわ》りこんだまま、顔をゆがめて涙《なみだ》を流します。こんなに悲しみきって、ほかになにものこっていない顔を、ルウ子は見たことがありませんでした。幽霊《ゆうれい》はブンリルーの涙《なみだ》が伝染《でんせん》してきたみたいに、こまった顔できゅ、きゅ、と自分のほっぺたをさすっています。

「しっかりしてよ。あたしたちも、タユマユラの口に飲みこまれてきたけど、べつにかわったところなんてないわ。あんたの魔法《まほう》も、なくなってなんてないはずよ。それとも、〈おこぼれたち〉の言ってた、さがしてる魔法《まほう》の本がないとだめ？」

うす青くなったブンリルーの目が、おびえたようにルウ子を見ました。ぼうっと遠くを見ていたその目に、とげとげしい色がやどりました。

「なんで、そんなに……そんなに、いばってるの？　あたし、あたし、あんたのせいで、この世界に生まれてしまったのに」

ルウ子の全身を、細い稲妻《いなずま》がかけぬけていきました。ぎょっとしているルウ子の顔を見て、ブンリルーは目にあたらしい涙《なみだ》をもりあげ、くちびるをかみしめます。

「あんたが、カエルの店で買い物なんてするから。お代として、未来を切りわけたから。カエルのつぼからこぼれた未来が、ルウ子から分離《ぶんり》して、べつの女の子になっちゃったのよ――それが、あたしなの」

ブンリルーがなにを言いだしたのか、ルウ子の頭はうけとめきれません。またルウ子を混乱《こんらん》させようと、こんなことを言うのでしょうか。

「ああ、なんだ、そうだったのか」

みょうになっとくしたようすで、ホシ丸くんがくるっと首をまわしました。ルウ子の頭は、感電《かんでん》した機械のように、動きを止めています。

「待ってよ。だって、そんな……」

カエルの店、つまり七宝屋《しっぽうや》で、ルウ子はたしかに、お代として未来をさしだしました。七宝屋《しっぽうや》の商品を買わなかった場合の未来を、です。それは、商品を手に入れた以上、必要のない未来なのだと、七宝屋《しっぽうや》は説明しました。七宝屋《しっぽうや》では、ルウ子以外のお客だって、そうやって品物を手に入れているはずです。

さがしているともうしますのが、このらくがきの主でして――気ままインクのペンをためしたとき、ノートにあった乱暴《らんぼう》な線を、ルウ子は思いだしました。では、あれを書いたのは、ブンリルーだったのでしょうか？　逃《に》げだしたのは店の品物ではなく、こぼれたルウ子の未来だったというのです。

だけど、まだ信じられません。つぼからこぼれた未来が、ルウ子とべつの女の子になってしまうなんて。おまけにそれが、自在師《じざいし》だなんて……

「分離《ぶんり》したルウ子だから、ブンリルーなんだろ？　いかにも、ルウ子が考えそうな名前じゃないか」

「ホシ丸くん、そんなへんな名前、あたしだったら……ううん、そうじゃなくて……」

ルウ子は、こんがらかるばかりの頭をむりやり静まらせようと、ぶるぶるとかぶりをふりました。ブンリルーはいつか涙《なみだ》を止めて、まっ白に血の気のなくなった顔を、ぼんやりとうつむけています。

「魔法《まほう》の本なんかじゃ、ないわ。あたしが、さがしてるのは……」

そのとき、幽霊《ゆうれい》のおなかの中で〈おこぼれたち〉が目をさましました。ルウ子は思わず、もうしばらく目をまわしていてほしいと念じてしまいました。ブンリルーが、とてもたいせつなことを言おうとしているのはまちがいありません。けれども〈おこぼれたち〉は、ルウ子の予想とちがって、ブンリルーのすがたに一瞬《いっしゅん》はっとしたあと、張りつめた表情でじっとだまっていました。

「あたし、もういちど、読みたかったの。ずっと前に――まだひとつのルウ子だったときに読んだ、童話の本。ふたりの小さな主人公が、この世にいちゃだめって追いかけられるお話。ふたりで手をつないで、どこまでも逃《に》げて、さいごには世界のはじっこから落っこちちゃうお話……」

ルウ子は、まゆをよせました。そんなへんてこな童話の本を、読んだおぼえがあるでしょうか？

「あたし、どうしてこの世界にいるんだかわからなかったから……もういちどその本を読んだら、あたしがなぜ、みんなからじゃま者にされるのか、わかると思ったの。そして、それでもこの世界にいようって、思えるんじゃないかって。ぺの百人部隊に追いかけられても、ぜったいにはなれないで逃《に》げつづけた、ティクトゥクたちみたいに」

あっと、ルウ子は小さく声をあげました。たしかに読んだことのある物語の光景が、突風《とっぷう》のようにせまってきます。小さなふとっちょの、ふたりのティクトゥク。主人公たちをどこまでも追いかけ、さいごには世界のはじっこから落としてしまう、ぺのおそるべき百人部隊……

『ふたりのティクトゥクと百人のぺたち』、それは、かたわらでゼリーのように体の表面をふるわせている幽霊《ゆうれい》が、生きているあいだに書いた物語の本でした。

「わ……わあああぁぁ！」

幽霊《ゆうれい》が、なんだかわからないさけび声をあげました。全身をひどくわななかせ、おかげで〈おこぼれたち〉は、おなかの中でもんどりうってころげまわりました。

ブンリルーは、ルウ子に話すのといっしょに、体の中身をぜんぶうしなってしまったように、からっぽの表情でうつむいています。なんの力も持たない、あたたかいものをなんにも知らない、はじめからうち捨《す》てられた子どもみたいに。

とほうに暮《く》れていたルウ子の考えや気持ちが、すうっとゆるぎない一点に、集まってゆきました。ルウ子はブンリルーを見つめ、きゅっとこぶしをかためました。

「ブンリルー、あたし、さがしてきてあげる――その本を、ぜったい持ってくるから、待っってて！」

二十一　雨の扉《とびら》

トンネルの中では、一時も休むことなく、太古《たいこ》の絵物語が暗闇《くらやみ》を呼吸《こきゅう》しています。おそろしく見えるばかりだったそのうごめきが、ルウ子にはいま、深い力をみなぎらせた、地の底のかがやかしいひみつのように思われました。とても深く、それによって、いつだってあたらしい、つきることのない力です。

「……本を、さがしてくる？」

かすれそうな声で、ブンリルーがたずねました。ルウ子は、弱々しいその顔をじれったく思いながら、はっきりとうなずきました。

「そうよ。あたしだって、その本を読んだんだから。魔法《まほう》の本を見つけてくるよりも、ずっとかんたんだわ」

なぜか泣きそうな顔をして、ブンリルーはふたたび、うつむいてしまいました。

ルウ子は、トンネルの中を見わたします。幽霊《ゆうれい》の目玉の明かりは、ごくかぎられた範囲《はんい》にしかとどきません。トンネルのあとも先も、まっ暗闇《くらやみ》に閉《と》ざされて、出口はどこなのか、出口があるのかどうかすら、わかりません。

「わああ、わああ、どうしよう、どうしよう！　わがはい、わがはい、どうしたらいいの？」

目玉をピカピカ点滅《てんめつ》させながら、幽霊《ゆうれい》がルウ子の肩《かた》にしがみつきます。すごいいきおいで肩《かた》をゆすぶる幽霊《ゆうれい》を、ルウ子は必死でおしのけました。

「ちょっと待ってて！　いま、あんたの本をどうやってとってくるか、考えてるんだから……」

そこへ、ホシ丸くんが笑いだすような声でわって入りました。

「幽霊《ゆうれい》には、一秒でもはやく、山ほどの紙とペンを持たせなきゃいけないと思うな」

「そうだよぅ！　わがはい、書かなきゃあ……はやく、はやく、はやく！」

幽霊《ゆうれい》は、熱に浮《う》かされたように、われをわすれてうちふるえています。

「自在師《じざいし》のさがしてる本に、心あたりがあるっていうの？」

ぐらぐらゆれる幽霊《ゆうれい》のおなかから、鳥の姫《ひめ》がさえずりました。ヤモリも魚も、目をまるくしています。

「そうよ、ブンリルーとあたしがもともとひとつだったっていうんなら、読んだ場所だって、同じはずだもの」

幽霊《ゆうれい》の顔を手でぐいとおしやりながら、ルウ子はうなずきます。ルウ子とブンリルーがもともとひとりだったということを、まだうまく信じることはできませんでしたが、目の前の女の子が読みたがっている本のありかなら、すぐに思いつくことができました。〈おこぼれたち〉は、正しい場所をさがしていたことになります──ルウ子が『ふたりのティクトゥクと百人のぺたち』の本と出会ったのは、市立図書館だったのですから。

「まずはこのトンネルを出て、外の世界へ行かなくちゃ」

気持ちが、体を置いて飛びだしたがっています。あせりながらトンネルを見まわすルウ子に、ホシ丸くんが、くるくると首をかしげました。

「想像力をつかうんじゃないの？　ほっぽり森へ行くときみたいにさ」

ルウ子は、あいまいにうなずきます。

「あたし、さっき、やってみたの。天候大納言《てんこうだいなごん》のいる部屋へ入る前、ちょっとでもヘビより強く見せかけられないかと思って、鋼鉄《こうてつ》のワシを〈夢の力〉で出そうと思って……だけど、できなかったわ」

と、そこへ、〈おこぼれたち〉が口々《くちぐち》にしゃべりました。

「しごくしごく、それは、とうぜんのこと！　どこでなりと〈夢の力〉をつかわれては、世界がめちゃくちゃになってしまう」

「人間が〈夢の力〉を自由につかえるのは、すきまの世界の中でも、かぎられた場所だけです。人間の想像力に深くかかわる場所でのみ、その力をあやつることができるのです。でなくては、人間も自在師《じざいし》と同じになってしまう」

かん高い声におごそかさを持たせて、鳥の姫《ひめ》がひきつぎます。

「あたしも、聞いたことがあるわ。ヘビの腹《はら》の中は、人間の想像力や、この世界をつくる力――さっき天候大納言《てんこうだいなごん》が言っていたように、人間の〝かなわなかった夢〟、それをこちらの世界へたどりつかせるための、道なのだって。天候大納言《てんこうだいなごん》の腹《はら》の中には、世界をつくる力を通す道があるって……迷信だと思っていたけど、ここがそうなんだわ」

鳥の姫《ひめ》のことばは、みんなをおどろかせました。

「それじゃ、ここはやっぱり、タユマユラのおなかの中だっていうの？」

鳥の姫《ひめ》は、重々しくうなずきます。

「そうよ。そして、そうだとするなら、ここも人間の想像力と深くかかわる場所なのだから、あんたも〈夢の力〉というのがつかえるはずだわ」

ルウ子は、自分たちの足もとに彫刻《ちょうこく》された獣人《じゅうじん》の、口からはえた花がどんどんのびて房《ふさ》をふやしてゆくのを見ながら、胸《むね》の中にも熱気をおびてふくらんでゆくなにかを感じました。

すう、とひとつ息をすって、ルウ子は想像力がわいてくるのを待ちました。それは、ルウ子とトンネルの魔力《まりょく》がまじりあうかのように、むくむくとおなかの底から、たしかにわきあがってきました。

（ここから、外の世界へ通じる、扉《とびら》……くぐったら、外へ出られる扉《とびら》があればいいんだわ。ううん、でも、その前に……）

ルウ子は、すっかり小さく背《せ》をまるめているブンリルーと、つぎのできごとをいまかいまかと待っているホシ丸くん、なにかにとりつかれたように落ちつきをなくした幽霊《ゆうれい》を、順に見やりました。

（幽霊《ゆうれい》に、お話を書く場所をあげなくちゃ）

そう思った瞬間《しゅんかん》、かわききったトンネルの暗闇《くらやみ》をぬけて、ひとつぶの水滴《すいてき》が落ちてきました。

ポツン。

澄《す》んだ水玉は石のかべではじけて、空中にはねた形のまま、彫刻《ちょうこく》のように停止しました。
ポツン、
ポツン、
ポツン、
ポツン、
つぎつぎとしずくが降《ふ》ってきて、さいしょに落ちた水玉と同じに、なにもなかった宙《ちゅう》に透明《とうめい》な水の絵を描《えが》いてゆきます。闇《やみ》におおわれたトンネル内に、水滴《すいてき》のはずむ音は音楽のようにひびきました。さいしょのしずくの上へ、つぎのしずくがかさなり、その上にまたつぎのしずくが――水滴《すいてき》ののこす形はどんどんとひろがって、やがては水の紋様《もんよう》でおおわれた、背《せ》の高い扉《とびら》がたちあらわれました。
「幽霊《ゆうれい》も、いっしょに来て」
ふりかえって、ルウ子は呼《よ》びました。幽霊《ゆうれい》は、うまく事態が飲みこめないようすで、水の扉《とびら》を見あげています。扉《とびら》はすっかり透《す》きとおっていて、はねたしずくのもようごしに、トンネルを青く透《す》かし見ることができました。

「ホシ丸くんは、ブンリルーをお願いね」

ルウ子が言うと、ホシ丸くんはわざとパタパタ飛びまわりました。

「ちぇっ。ぼく、じっとしてないで、隕石《いんせき》を見に行きたいなあ」

ルウ子は小さく笑いながら、扉《とびら》に手をかけました。

「はやく隕石《いんせき》をやっつけて、舞々子《まいまいこ》さんにお茶にしてもらいましょうよ。――それじゃ、いってきます」

そうして、水の扉《とびら》を開けました。開くとき扉《とびら》は、雨だれの音色《ねいろ》をサラサラとひびかせました。なつかしい音を体じゅうにしみこませながら、幽霊《ゆうれい》の手をひいて、ルウ子は扉《とびら》をくぐりました。――

二十二　ルウ子、迷子になる

しとしととやさしい雨が、ルウ子の髪《かみ》や肩《かた》を「おかえり」とぬらします。ずいぶんと、雨にぬれていなかったと思い、ルウ子はかわいた土が雨を飲んでやわらぐように、深い息をつきました。

〈雨ふる本屋〉の中は、出ていったときとはさまがわりしていました。せまる隕《いん》石《せき》におののく気配《けはい》が、お店じゅうに充満《じゅうまん》しています。たとえば、棚《たな》のあちこちに座《すわ》っている人形たちが、無言のままガラスの目を見あわせていますし、天井《てんじょう》からつるされたラベンダー色のくじらは、なにかに耐《た》えるように背《せ》をまるめこんでいます。石でできた天体模型《てんたいもけい》は、星の軌道《きどう》をわずかずつぐらつかせていますし、水中花《すいちゅうか》たちはビンの中で、種にもどろうとして花びらをちぢめはじめています。

天井《てんじょう》から降《ふ》る雨までもが、だれかの頬《ほお》を伝ってきた涙《なみだ》のように、こまかにふるえているのでした。

ルウ子と幽霊《ゆうれい》がお店へあらわれたのに気づき、シオリとセビョーシが手をとりあって、こちらへ飛んできました。ふたりの妖精《ようせい》の羊皮紙《ようひし》のマントは、フルホン氏の看病《かんびょう》に悪戦苦闘《あくせんくとう》したせいか、しわくちゃになっています。

「シオリ、セビョーシ！　フルホンさんのぐあいはどう？　あたし、すぐ行かなきゃならないの」

妖精《ようせい》たちは顔を見あわせ、不安そうにまゆをさげるばかりです。幽霊《ゆうれい》はというと、あいさつもなしに、ヒュッとお店の中を横切り、『執筆室《しっぴつしつ》』とタイトルの記された本を棚《たな》からとると、大あわてで表紙を開きました。とたんに、クラゲそっくりな体がらせん状にねじくれて、本の中へすいこまれてゆきます。シオリとセビョーシはあわてて飛んでいって、床《ゆか》にぶつかるすんでで本をうけとめ、重そうにかついで棚《たな》にもどしました。

お店の中を見まわすと、店主のドードー鳥が草の床《ゆか》にうずくまっているのを発見しました。こんなときこそしっかりしているべきフルホン氏は、カウンター机《づくえ》のおくから出て、本棚《ほんだな》と本棚《ほんだな》のあいだに座《すわ》りこみ、目ばかりをランランとぎらつかせて、本を読んでいるのでした（ルウ子がちらっと見たところ、いま読んでいるのは全八十巻《かん》もある物語の、第三十七巻《かん》のようでした）。シオリとセビョーシがかけてあげたのでしょう、頭からすっぽりと毛布をかぶっています。

「舞々子《まいまいこ》さんたちは、まだもどらないの？」

妖精《ようせい》たちにたずねると、ふたりとも帽子《ぼうし》のふさをしょんぼりとたらして、同じしぐさで首を横にふりました。胸《むね》にわく心配をおしとどめて、ルウ子はフルホン氏にきびしい視線《しせん》をむけます。

「フルホンさん！　絶滅《ぜつめつ》の呪《のろ》いのせいで、隕石《いんせき》がこっちへむかってるのよ。こんどばっかりは、本を読んでる場合じゃないわ」

けれど、フルホン氏はくちばしをページのあいだにうずめたまま、こちらを見む

きもしません。

「まったくもって……本を読むよりだいじなことが、この世にあろうか……ささいなことでさわぎたてるのは、知識の根《ね》が浅い証拠《しょうこ》だよ……」

文字を追いながら、ブツブツとくちばしの中でつぶやいています。ルウ子はフルホン氏に近づいてゆくと、カサカサの羽がつかんでいる本を両手にはさみ、力をこめて、バチンと目の前で閉《と》じてしまいました。ページのあいだにいた〈読みあさり文々《ぶんぶん》〉が幾匹《いくひき》か、はたきだされて飛びまどいました。読んでいた文字を見うしなって、フルホン氏は、メガネのおくの目をしばたたきます。

「しっかりしてよ！　この世界がほろんじゃったら、かなわなかった願いごとたちも、物語の種も、みんな消えちゃうのよ。捨《す》てられた願いごとはそのままになっちゃうし、迷子の物語が本になることも、なくなっちゃう。〈雨ふる本屋〉店主として、こんな不名誉《ふめいよ》なことがほかにある？」

毛布が、おしりへずり落ちました。全身の羽毛《うもう》をわなわなと逆立《さかだ》たせているフルホン氏を、くちびるをかんで見すえてから、ルウ子はくるりと背《せ》をむけました。

「だいじょうぶよ、シオリ、セビョーシ。あたしの友達が、かならず、隕石《いんせき》を止めてくれるから」

妖精《ようせい》ふたりにそう言うと、ルウ子は外の世界へ通じるお店の戸を開け、すこし背《せ》をかがめて、くぐりぬけました。


遠い雨音《あまおと》が、市立図書館のうす暗がりににじんでいます。暗さと音とがとけあって、まるでここには、大昔からこんな景色しかなかったかのようです。

外の雨音《あまおと》がわずかに弱まっているのを、ルウ子は耳でたしかめました。町をなぶっていた風の音も、いまは街路樹《がいろじゅ》や屋根をつつくばかりになっています。

ひとけはありません。にぎやかなパーティから、ひとりだけぬけだした気分でした。

ルウ子が立っているのは本棚《ほんだな》にはさまれた通路で、たったいまくぐってきた小さな木の扉《とびら》は、いつものように背後《はいご》で消え、かべがあるだけになっていました。

レインコートを着ていないので、服はすっかりぬれています。ポケットからハンカチをひっぱりだして、どうにか肩《かた》や手をふくと、ルウ子はそっと歩きだしました。

『ふたりのティクトゥクと百人のぺたち』を借りたのは、児童書のコーナーでした。あの本を読んだのは、寒い冬でしたっけ……その冬は、サラがひどいかぜをひいていて、ルウ子は家に帰ってもひとりぼっちな気がして、学校がおわるとずいぶんおそくまで、図書館で本を読んですごしたのでした。そう、それで、へんてこなお話だと思いながら、ルウ子は自分がティクトゥクたちの三人めの仲間になった気持ちで、あの本を読みましたっけ……

児童書コーナーにも、人の気配《けはい》はありません。ひろい窓《まど》があり、赤いじゅうたんの上には小さな木の椅子《いす》が置かれてあります。窓《まど》のむこうは、来たときよりもやっぱりいくぶん明るくなっていて、ガラスをすべり落ちる雨のすじが、本棚《ほんだな》にうっすらとした影《かげ》をなげかけていました。

背《せ》すじをかけあがったふるえに、ルウ子は小さく息を飲みました。紙とインクでできたあの塔《とう》の、おごそかな気配《けはい》と高らかな光、それと同じものが、ここにもみちているのを感じたのです。ここは、地味で古ぼけた、いつもの市立図書館なのに――棚《たな》におさまった本たちの背表紙《せびょうし》には、目には見えなくとも、あの塔《とう》の光の気配《けはい》が、たしかにやどっているのでした。

ルウ子は深く息をすうと、めあての本をさがしはじめました。『ふたりのティクトゥクと百人のぺたち』……背表紙《せびょうし》は、何色だったでしょうか。タイトルの文字の色は？　厚みは、たしか親指の背《せ》たけほど……

まばたきもわすれて、児童書コーナーのすみからすみまで、本の背表紙《せびょうし》を見てまわりました。ぐるりとはしからはしまで見てまわり、もういちど。念のために、絵本のコーナーもたしかめました。すこしはなれて、文学のコーナーも。こちらは本《ほん》棚《だな》の背《せ》も高く、本の数も多いので、見ているうちにめまいがしそうです。

「………」

ふたたび児童書コーナーにもどってきて、ひざをついて椅子《いす》の下までのぞき、やがてルウ子は無言で、立ちあがりました。

さがしている本は、ありませんでした。

(だれかが、借りてるのかしら?)

火花のように頭の中にちったそのことばが、ルウ子の心臓《しんぞう》を、じっとりと汗《あせ》ばませます。どうしても、いますぐに、その本が必要なのに……

「どうかしましたか?」

ふいにうしろから声をかけられ、ルウ子はとびあがりました。カウンターのむこうから、司書のお姉さんが首をかしげるようにして、こちらをうかがっています。

「あ、あの……」

のどの中でからまることばを、いちどゴクンと飲みくだし、ルウ子はカウンターへ近づいてたずねました。

「本をさがしてるんです。『ふたりのティクトゥクと百人のぺたち』っていう本、ひょっとして、貸し出し中ですか？」

「ふたりの、ティ？」

ますます首をかしげる司書さんに、ルウ子はもういちどゆっくりと、言いました。

「『ふたりのティクトゥクと百人のぺたち』」

司書さんの手が、手もとの貸し出し帳をめくります。なんどか同じページを行き来して、ぎゃくの方向へ首をかしげると、

「ちょっと、待っていてね」

ここにいるように、と手であいずをのこして、司書さんはおくの事務室へひっこみました。

ブルッと背中《せなか》がふるえて、ルウ子は自分のうでをさすりました。きゅうに、寒くなった気がします。しかたがありません、レインコートがないので、服に雨がしみっぱなしなのですから。ほんものの寒さとはべつに、体じゅうにひろがるふるえを追いだそうと、ごしごしと力をこめてうでをこすりながら、司書さんを待ちました。

やがてもどってきた司書さんは、「ごめんなさいね」と言いながら、カウンターのむこうからルウ子をのぞきこみました。

「その本はね、傷《いた》みがひどくなって、しばらく前に処分《しょぶん》されたようなの。出版社でももうつくられていなくて、あたらしいものは入っていないんです。となり町の図書館にあるかどうか、調べてみましょうか？」

もうしわけなさそうな司書さんの声が、頭を稲光《いなびかり》のように裂《さ》いてゆきました。

「い、いいえ、いいんです。ありがとうございました」

ペコリと頭をさげると、きびすをかえし、走りだしました。うしろから呼《よ》び止《と》められましたが、走りつづけました。図書館のおくへ、本棚《ほんだな》のもっとおくへ――

（どうしよう。とにかくいちど、もどらなくっちゃ。べつの方法をさがさないと……）

それも、大いそぎで、さがさなくては。舞々子《まいまいこ》さんたちは、もう〈雨ふる本屋〉へもどっているでしょうか？　舞々子《まいまいこ》さんがいてくれれば、もっといい方法も見つかるはずです。ブンリルーとも、もういちど話してみなくては。

長靴《ながぐつ》の音をひびかせながら、本棚《ほんだな》のおくへ、おくへ、ルウ子は走りつづけました。

……が、やがて、どうしても立ち止まらないわけには、いかなくなりました。

目の前は、象牙色《ぞうげいろ》のかべです。左右は本棚《ほんだな》にはさまれて、ここで行き止まりでした。『雨ふる本屋』と飾《かざ》り文字の彫《ほ》られた扉《とびら》は、見あたりません。本棚《ほんだな》の迷路《めいろ》も、あらわれませんでした。〈雨ふる本屋〉へ行くときには、いつだって、サラの持っている巻き貝《まきがい》のカタツムリ人形が案内役でした。いま、ルウ子は、案内役のカタツムリを持っていません。

ひとりきりで外の世界へもどってきて、ルウ子は、帰り道を見うしなってしまったのです。

二十三　世界のぬかるみ

（図書館の外へ出て、カタツムリをさがしてこようかしら？）

胸《むね》に手をあてて自分をなだめながら、ルウ子はそう考えました。けれども、大雨は、まだかんぜんに静まりきってはいません。カタツムリはもうしばらく安全な場所にかくれていて、たやすく見つけることはできないでしょうし――なにより、見つけてきたカタツムリが、〈雨ふる本屋〉へ導いてくれるかどうか、わかりません。

それに、ガラスのドアをくぐりぬけるとき、さっきの司書さんに見つかったら、また声をかけられてしまったら……そうなったら、こんどこそもう、すきまの世界への帰り道とかんぜんに切りはなされてしまうような気がして、なりませんでした。

（ブンリルーのところへ行かなくちゃ。サラの、舞々子《まいまいこ》さんの、ホシ丸くんのところへ、行かなくちゃ……）

ルウ子はどうにか気を落ちつけ、足音を立てないよう、本棚《ほんだな》のあいだをそろそろと歩きはじめました。ぜったいに、だれにも見つからないように、自分はこの世界に、存在《そんざい》なんてしていないかのように。

気配《けはい》をころして静かに静かに図書館の中をさまようち、だんだん、ほんとうに体がおぼろにぼやけてゆくように感じられてきました。頭の中も、重い雲がかかったみたいに、どんよりとして、考えを集中することができません。

外の雨音《あまおと》とからまりあって、以前に読んだ物語の景色が、ルウ子の耳にしのびこんできます。それは、たしか、こんな物語でした……

——朝まだきの土手《どて》を、ティクトゥクたちは短い足をもつれさせながら、走りに走りました。

追手《おって》が、もうすぐそこまでせまっているのです。

川の色はまっ黒でした。白くにごったあぶくが、くるくるとまわりながら川面《かわも》を流れてゆきます。川霧《かわぎり》がたちこめ、ふたりのふとっちょをまわりから見えにくくしてくれるはずでした。ティクトゥクたちは土手《どて》の下にちっぽけなボートを見つけると、それがだれのものであるにせよ、のりこんでつなをとき、こんかぎりの力で土《ど》手《て》をけりました。

ぺの百人部隊のふきならすラッパの音が、オオカミの遠吠《とおぼ》えのように夜明けの空をふるわせます。せいぜい、息をひそめなさい。ふたりのあわれなふとっちょたち……

まるで、そばでだれかが朗読《ろうどく》しているかのようです……物語をなす文字のひとつひとつが、ひっそりと耳の中へ入りこみ、文字の雨音《あまおと》をつらねます。

この雨は、いつまでつづくのでしょう。もうすぐ降《ふ》りやんで、日の光がもどってくるのでしょうか。

（こんなに雨がつづいてるんだから、まだ世界のさかいめが、ぬかるんでるはずだわ）

じっと耳をすませながら、ルウ子はそう考えました。〈おこぼれたち〉の会話をこの場所で耳にしたとき、たしかにそう言っていました――外の世界へ出てこられたのは、雨のせいで境界がぬかるんでいるからだと。それなら、ルウ子にだって、帰り道を見つけられないはずがありません。

――やがてラッパの音が遠のくころ、ふたりのすきっ腹《ぱら》はつめたい川霧《かわぎり》をすいこんで、ひえきっていました。

「ぼく、もうすっかりつかれたよ。おなかがへったねえ」

一方がぽつりと言うと、もう一方はだしぬけに起きあがり、ちいさなボートをぐらつかせました。

「そんなことは、わかってるよ！　だけれど、逃《に》げなきゃしようがないだろ、ぺたちにつかまったら、いっかんのおわりなんだぞ！」

「わかってるよ、そんなに、どならないでおくれよ」

ティクトゥクは、青白い顔をしわくちゃにゆがめました。世界中からみはなされた、かなしみのふとっちょのしわくちゃの顔。

「ごめんよ」「ごめんよ」

それからふたりはだまって、黒い川をくだってゆきました。……


ルウ子はとにかく、行き止まりからひきかえして、図書館の中を歩きました。司書さんに見つからないよう、足音をしのばせて。

本棚《ほんだな》がとぎれるたび、だれかに見られないかと警戒《けいかい》しながら、すばやくべつの通路へ体をすべりこませます。ぺの百人部隊から逃《に》げるふたりのティクトゥクのように、気配《けはい》を消して、息をひそめて……

——世界のはては、灰色《はいいろ》の砂《すな》だらけの崖《がけ》でした。

崖《がけ》っぷちで世界はおわって、もうそのむこうには、黒ぐろとしてうつろな、荒《あら》っぽい暗闇《くらやみ》が、どこまでもひろがっているきりなのです。ティクトゥクたちは、そのあまりのさびしい光景に、立ちつくしました。

「もうこの先は、逃《に》げられないね」

右のティクトゥクが、弱よわしく言いました。

「なぜさ。ゆかなきゃ。ぺたちから逃《のが》れるために、ここまできたんだもの」

左のティクトゥクが、声をつよめてこたえます。

「だって、世界の外へでれば、安全だと思っていたけれど——ごらんよ、世界のむこう側って、きっとものすごく、さびしかろうねえ」

「だけれど、どうしようもないよ」左が、肩《かた》を落としてため息をつきます。「ぺたちは、ぼくらが世界にいるってことを、どうでもゆるさないらしいもの」

しばらくふたりはだまりこみ、そうこうするうち、まだうんと遠くから……ぺの百人部隊がならすラッパの合図が、きこえてきました。

「ゆこうよ。どんなにさびしい場所だって、ふたりでいっしょにならら、見てみたいな」

そこでふたりのティクトゥクは、固く手をにぎりあい、崖《がけ》のふちから、同時に足をふみだしました。ヒュウ、と空をきり、二度とうしろをふりむかないで、世界のむこうのまっ暗闇《くらやみ》へ、どこまでもどこまでも、落ちていったのでした……

どこまでもどこまでも、本棚《ほんだな》のあいだを歩くうち、ルウ子はだんだんと、視界《しかい》がぼやけてくるような気がしました。まるで、図書館の中に、もやでもかかっているみたいです。立ち止まって、目をこすってみました。やっぱり、あたりはぼんやりとかすんで、おまけに、まっすぐなはずの本棚《ほんだな》のわくが、ゆらりとゆがみだすではありませんか。

ルウ子はどきりとして、そばにある本棚《ほんだな》によりかかりました。が、つかんだはずの本棚《ほんだな》は、影《かげ》のように手ごたえがありません。長靴《ながぐつ》をはいた足が、泥《どろ》をふんだように床《ゆか》へしずみかかり、それでルウ子は、はっと思いあたりました。

（そうか……ここが、世界のぬかるみなんだわ）

ルウ子がそれに気づくのを、待っていたかのようです。とつぜん、背後《はいご》の通路に、まっ暗闇《くらやみ》が流れこんできたのです。黒い闇《やみ》が、いままで歩いてきた通路を飲みこみ、まったく見えなくしてしまいました。

ふりむいてぞっとしながらも、ルウ子はその暗闇《くらやみ》を、おじけづかずに見つめました。それは、タユマユラののどのおく、暗闇《くらやみ》の大トンネルにそっくりでした。まっ暗闇《くらやみ》の中には、えたいの知れないたくさんの気配《けはい》が、にぎやかにうごめいています。

耳のまわりにとりはだが立ち、ルウ子はこちらへひろがってくる暗闇《くらやみ》に背《せ》をむけて、本棚《ほんだな》の先へふたたび歩きだしました。

トプリ、トプリ、長靴《ながぐつ》の足が、歩くたび床《ゆか》へしずみます。背後《はいご》の闇《やみ》が、無言のにぎやかさでルウ子を追いたて、ルウ子はただもう目を前へむけて、一歩一歩をふみだしつづけました。

通路はあきらかに、ほんものよりも長くなっています。こんなに一直線に、はてがかすんで見えないほどのびた通路が、市立図書館におさまるわけがありません。リンゴリンガ鉄道の線路よりもなお、はてしなくつづく通路です。

（もう、ここを歩くしかないんだわ。ここを通ってしか、〈雨ふる本屋〉に帰れないのよ……）

心の中のひとりごとが、拡声器《かくせいき》を通過したかのようにあたりにひびき、ルウ子の耳と頭をゆさぶりました。

と――

どこまでもつづく本棚《ほんだな》、そこにおさまった本たちに、異変《いへん》が起きました。背表紙《せびょうし》に書いてある文字が、ゆがんで見えるような気がしたと思うと、くらくらと文字がふるえだし、勝手に本をはなれて、動きだしたではありませんか。あるタイトルの文字は、背表紙《せびょうし》をさまよいでて、べつの本のタイトルのすきまに陣《じん》どってしまいました。またべつの本からは、金文字《きんもじ》のタイトルがかがやきながら、雨のようにこぼれ落ちます。

文字たちはいたずらにゆがんでくねり、のびてはちぢみ、形をかえて、どうどうとあたりを飛びかいはじめました。

『長い』という字は、あんな形でしたっけ。『ね』の字の小さなまるはひとつでよかったのでしたか、もういちどまるをつくるのじゃなかったでしょうか？　『たまねぎによる猫《ねこ》とハトのためのピンボケ研究書』――これではなんの本だか、わかりません。『さ　に　るけ　物語』――これは、文字がるすになっています……

ゆがんでこぼれてゆく背表紙《せびょうし》の文字たちは、やがて大トンネルの壁画《へきが》のように、おわりのない紋様《もんよう》を描《えが》きはじめました。文字たちはさもあたりまえのことみたいに、ルウ子の体をつきぬけ、背後《はいご》にうごめく暗闇《くらやみ》に飛びこんでゆきます。

体を通過してゆく文字たちに、小さな翅《はね》があることに、ルウ子は気がつきました。いつのまにやら、本からこぼれた文字たちは、ブンブンと飛びまわる小さな虫になっているのです。まちがえようもありません、その羽虫《はむし》たちは、おもしろい本にすみつく只、〈読みあさり文々《ぶんぶん》〉たちでした。本好きの羽虫《はむし》たちは、ルウ子をくすぐりながら、ぐるぐると飛んで、暗闇《くらやみ》のトンネルと一体になり、何重ものらせんを描《えが》いて通路の先へのびてゆきます。〈読みあさり文々《ぶんぶん》〉といっしょになった暗闇《くらやみ》は、ルウ子を追いこして、はてしなくつづく本棚《ほんだな》を飲みこみはじめました。

やがてらせんは、一点のうずに集まってゆきます。暗闇《くらやみ》のらせんは、まだのこっている文字たちもルウ子もいっしょくたに飲みこみました。ルウ子は、自分が人間の女の子なのだか、ばらばらの文字の集まりなのだか、わからなくなりました。

ぐるぐると、左巻《ひだりま》きにまとまってゆく闇《やみ》と文字たちは、虫メガネでないと見えないほど小さくなり、さらに顕微鏡《けんびきょう》でないと見えないほどにちぢまって、うずまきを形づくる粒子《りゅうし》になってゆきました。うずまきはふくらみをおび、しとやかなあま色をしたそれは、いまやなにかの生物の殻《から》そのものになっていました。うずをなしていた暗闇《くらやみ》が周囲から消えさり、まっ白にぼやけた景色の中、その生物の殻《から》だけがたしかな陰影《いんえい》を持っています。ルウ子はそれがなんであるか、たしかに知っていました。あれは……

「アンモナイト……ううん、ちがう、パヴロヴィア。ううん、それでもないわ、あれは……そうだ、ダクティリオケラスの化石《かせき》……」

「なにを言っておるのかね。これは、カタツムリ。しかも、化石《かせき》ではなく、生きておるよ」

フルホン氏の声に、ルウ子ははっとわれにかえりました。

ルウ子は〈雨ふる本屋〉にいて、目の前の草の床《ゆか》を、気持ちよさそうに触角《しょっかく》をのばしたカタツムリが一匹《ぴき》、するするとはってゆくところでした。幾匹《いくひき》かの〈読みあさり文々《ぶんぶん》〉が、ルウ子の背後《はいご》からお店の中へ飛んでゆきます。

「………」

ぽつりと立ちつくすルウ子の前で、フルホン氏が床《ゆか》からカタツムリを拾いあげ、カウンター机《づくえ》の上にのせました。黄色いメガネのおくの目は、ふだんの正気をとりもどし、ボサボサにはねていた羽毛《うもう》も、背中《せなか》の形にそってととのっています。くちばしには、ガラス製のパイプまでくわえられていました。

「ルウ子ちゃん！」

舞々子《まいまいこ》さんが走ってきて、ドレスでつつむように、ルウ子の肩《かた》を抱《だ》きました。

「ああ、よくぶじで！　たったひとりで、なんていう冒険《ぼうけん》をしてきたんでしょう」

舞々子《まいまいこ》さんは、ルウ子の目や鼻や耳がのこらずついているかどうかたしかめるみたいに、間近《まぢか》に顔をのぞきこみました。

「舞々子《まいまいこ》さん、あたしのこと、わかるの？」

ルウ子が見あげると、舞々子《まいまいこ》さんの目のたそがれ色が、くるんとゆらぎました。

「もちろんよ、もとのまんまのルウ子ちゃんだわ」

カタツムリは、本や手紙のたばが山積みの机《つくえ》の上を迷いなくはって、フルホン氏の文鎮《ぶんちん》である、ダクティリオケラスの化石《かせき》の上にとまりました。あま色のカタツムリと、黒光《くろびか》りする古代生物《こだいせいぶつ》の化石《かせき》とは、大きさはちがえど、同じ左巻《ひだりま》きのうずまきを、いつわりない正確さでくりかえしています。

フルホン氏の机《つくえ》の上から、ルウ子が歩いてきた草の床《ゆか》の上まで、手鏡《てかがみ》や水晶玉《すいしょうだま》、水を張ったガラス皿など、さまざまな道具が一列にならべられていました。どれも、もののすがたをうつす道具ばかりです。鏡《かがみ》のおもてにも、水晶玉《すいしょうだま》の表面にも、水面のようなゆらめきが、魔法《まほう》のなごりとしてのこっていました。

「この方法で呼《よ》びもどせるか、もうひとつ自信がなかったのだが、やってみるよりなかった。これで、構造の照射方式《しょうしゃほうしき》が、両世界のさかいめに作用《さよう》することが証明されたわけだ」

フルホン氏が、重々しく鼻を鳴らします。

「ルウ子ちゃんが、帰り道をうしなっているはずだと気がついて、フルホンさんが、おまじないをためしたんですの」

「舞々子《まいまいこ》くん、おまじないだなどと、ふたしかなものといっしょにしてもらっては、こまる！　わたしがおこなったのは、宇宙《うちゅう》の反復構造《はんぷくこうぞう》を利用し、世界のぬかるみに効果をおよぼすことを計算した、れっきとした――」

舞々子《まいまいこ》さんがすっと目を細めると、フルホン氏は自分でことばを切り、せきばらいをしてハンカチをくちばしにあてました。ふたりのやりとりを見つめながらも、ルウ子の頭はまだ、ぼうっとかすんでいるようです。

「フルホンさん、かぜは？　絶滅《ぜつめつ》かぜは、もういいの？」

するとフルホン氏は、ハンカチで鼻の穴《あな》をつるりとふいてみせます。

「なんの、なんの、まだくしゃみはあるが、熱はすっかりさがってしまったよ」

「それじゃあ……それじゃ、隕石《いんせき》は？」

フルホン氏はこたえないで、パイプの吸《す》い口《くち》でおでこをやたらにごしごしとこすりました。が、お店の中をすこし観察すれば、わかります。本棚《ほんだな》の本も、人形や原石も、水中花《すいちゅうか》のはちも――〈雨ふる本屋〉の中のなにひとつとして、もう、不安におののいてはいませんでした。

カタツムリも、化石《かせき》の文鎮《ぶんちん》の上で、ゆうゆうと触角《しょっかく》をのばしています……それを見て、ルウ子ははっと息を飲みました。

「サラ！　舞々子《まいまいこ》さん、サラは？　サラはどこにいるの？　ホシ丸くんや〈おこぼれたち〉は、どこ？　あたしがいないあいだに、どうして、フルホンさんのかぜがなおっちゃったの？」

ルウ子の頭の中を、疑問符《ぎもんふ》がせっつきます。と、舞々子《まいまいこ》さんの背後《はいご》から、シオリとセビョーシが大いそぎであらわれると、左右からルウ子の服のそでをつかみ、ひっぱりました。妖精《ようせい》たちはサファイヤ色の目をまばたきもしないで、ルウ子を必死にどこかへつれていこうとしています。

「いえね、お嬢《じょう》さん」

べつの方向からかかった声に、ルウ子が飛びあがるようにしてふりむくと、キノコのテーブルにゆったりとかけて、七宝屋《しっぽうや》がお茶を飲んでいました。いつのまに鉄道の旅をおえて、お店へやってきたものか、七宝屋《しっぽうや》はすっかり、くつろいだようすです。

「こういうわけなんです。あたくしはドードー組合のお力を借りて、舞々子《まいまいこ》さんや電々丸さんといっしょに、〈雨ふる本屋〉さんへこらせてもらったんですが、同じときにここへ来た自在師《じざいし》の女の子が、あたくしの店で買い物をなさると言うんですな。それで、絶滅《ぜつめつ》かぜにきく薬を、お買いあげいただいたんです。バオバブ水《すい》、まさかフルホンさんのかぜをなおす効能があるとは、はずかしながらあたくしも知りませんでしたが」

七宝屋《しっぽうや》はそこで、濃《こ》いこはく色のお茶を大きな口へ流しこみました。

「いやはや、さらにおはずかしいことといっては、自在師《じざいし》のお嬢《じょう》さんこそが、店から消えたさがしものでしたようで――お嬢《じょう》さんにお代としてちょうだいした未来を、つぼから少々こぼしてしまっていたようで、それがあたらしい女の子になってしまったというんですな。いただいたお代を見うしなうなどと、店主であるあたくしが見すごしてはならんことなのですが……まったく、面目《めんぼく》ないことでした」

そう言って頭をさげながら、七宝屋《しっぽうや》のなぞめいた顔は、ちっともはずかしそうでも、すまなそうでもありませんでした。それでよかったのです。ルウ子には、そのことをとがめだてする気なんて、ちっともなかったのですから。

「ブンリルーは、どこにいるの？　それに、ホシ丸くんやサラも……」

すこし、きまりが悪そうにせきばらいをして、フルホン氏はまたパイプの吸《す》い口《くち》でおでこをかきました。

「七宝屋《しっぽうや》どのの店で、ブンリルーくんは、わたしに薬を買ってくれたはいいが……お代としてさしだせる未来――べつの可能性が、彼女《かのじょ》にはなかったのだ。もともとが世界のゆがみを背負《せお》った、自在師《じざいし》であったために。わずかにあった時間をもうしなって、ブンリルーくんはいま、消えかけておるのだ」

フルホン氏がつらそうにうつむき、シオリとセビョーシは、ますます力をこめてルウ子のうでをひっぱりました。

「そんな……」

ルウ子は、からっぽのままの自分の手を見ました。もどってくるとき、この手には、一冊《さつ》の童話の本を持っているはずだったのです。

もういちど鼻をかんで、フルホン氏が、きびしく顔をあげました。

「わが〈雨ふる本屋〉の名誉《めいよ》にかけても、ブンリルーくんの望んでいる本は、かならずさがしだそう。たとえ、ドードーの足で地のはてまでたどることになろうとも、だ！　だが、それには、あまりにも時間がなさすぎる」

「ルウ子ちゃん、すぐに行ってあげて。ブンリルーちゃんはいま、ほっぽり森にいるんですわ。あそこなら、消えかかったものをまもる力がはたらいているはずだから……ほんとうは、わすれられた物語をまもる力で、消えかけた女の子までまもってくれるかどうか、わからないのですけれど……ホシ丸くんやサラちゃん、それに電々丸《でんでんまる》も、いっしょにいるわ」

言いながら舞々子《まいまいこ》さんは、いつもしまっていてくれるまっ黒なカッパを、ドレスのたもとから手品のようにとりだしました。すそがギザギザになったそれは、ルウ子のコウモリガッパです。

ルウ子はカッパにそでを通すと、お店の中をいそいで見まわし、ヒントをさがしました。ほっぽり森へ行くのに必要なものは、人間ひとりぶんの〈夢の力〉です。

フルホン氏がルウ子を呼《よ》びもどすのにつかった、鏡《かがみ》や水盤《すいばん》——その中に、鏡《かがみ》のはまった写真立てがあります。床《ゆか》に寝《ね》かせてあったそれを、ルウ子は手にかかげ持ちました。そして、四角い鏡《かがみ》にうつる自分と目を見あわせながら、短くとなえました。

「いそいで」

とたんに、鏡《かがみ》のこちらにいたルウ子のすがたはかき消え、鏡《かがみ》の中のルウ子だけがきびすをかえして、走りだしました。鏡《かがみ》のむこうのルウ子は、助走をつけると、カッパの背中《せなか》からコウモリの羽をひろげて、鏡《かがみ》の中をどんどん、遠ざかってゆきました。

二十四　自在師《じざいし》のおわり

ほっぽり森の澄《す》んだ空気は、どこか、雪の味とにていました。はじめてとどいた手紙のようにまあたらしく、それなのになつかしい、かすかに甘《あま》いあの味です。

森の空気を深くすいこんで、ルウ子はあたりをみたす水の上に立ちました。ほっぽり森は、いつだってひんやりと澄《す》みとおった浅い水にひたされているのです。ところがその水が、かすかに、けれどとぎれず、さざ波を立てているのが、長靴《ながぐつ》ごしに感じられました。いつもなら、まじりけのない闇《やみ》の空をいただいているはずの頭上――そこに、空をうめつくすほどの金色の光のすじが、四方八方《しほうはっぽう》へ際限なく流れつづけているのでした。それは、フルホン氏の絶滅《ぜつめつ》かぜがなおったために、砕《くだ》けちった隕石《いんせき》の火花です。火花はひとつひとつが、のぎくの花のようにかがやいて、あとからあとから、黒ビロードの空に燦然《さんぜん》としたすじを描《えが》いては消えてゆきます。

ルウ子はあまりにあざやかなその光景に、体がすいこまれてゆきそうな感覚をおぼえながら、乳白色《にゅうはくしょく》の木々のあいだへふみこんでゆきました。やさしいランプのように、内側から光って森の闇《やみ》をやわらげている巨木《きょぼく》たちは、いまばかりは黄金《おうごん》にかがやく空にその役割をゆずって、静まっています。ふくざつにからみあう木の根の上、水中により集まっている物語の種や夢の種――それは、色とりどりのゼリーによくにた、やわらかな玉でした――は、さざ波にゆすられてコロンコロンと楽しげな音色《ねいろ》をくりかえしています。

ルウ子の足が迷うことは、ありませんでした。見えない糸が、ルウ子を確実にひっぱっています。方向をさだめると、ルウ子は背中《せなか》のコウモリの翼《つばさ》をひろげ、水からつま先をはなして、木々のあいだを飛びました。

コウモリガッパで飛ぶことの、なんという軽快さでしょう！　大トンネルの空気の流れに流されるのでも、ブンリルーの魔法《まほう》で吹き飛《ふと》ばされるのでもないのです。

ルウ子はやっと、自分の体をつかって、自分の意志で、飛んでいるのでした。うれしくて、幹《みき》どうしのあいだをすりぬけながら、ルウ子はなんどもひねり飛びをしました。

やがて前方から、よく知っている話し声が聞こえてきました――話し声、といっても、とぎれとぎれの、つぶやき声やため息の集まりでしたが……

「ブンリルーのお姉ちゃん、消えちゃうの?」

「うん、うん、おいらには、なんともわからないのだ……」

「きっとたすかるはずだよ！　なんたって、幸福の青い鳥で希望のいちばん星、ぼくがここにいるんだもの。それに――ほら、来た！　ルウ子が来たよ！」

ホシ丸くんがまっ先にこちらをむいて、手をたたきました。ルウ子はコウモリの翼《つばさ》をぎりぎりまですぼめ、いきおいをそのままに落下しながら、みんなのところへ飛びこみました。

「お姉ちゃん！」

大声をあげたのは、サラです。サラは、たたんだ白い傘《かさ》をにぎって、まんまるに見開いた目でルウ子を見つめています。ホシ丸くん、それに、雨雲にのった電々丸《でんでんまる》もいっしょにいます。

ルウ子は、サラに聞きたいこと、話したいことが、山ほどありました。が、みんなにかこまれるようにして幹《みき》に背《せ》をあずけ、座《すわ》りこんでいるブンリルーを見つけると、息をととのえるまももどかしく、その前にひざをつきました。

「ブンリルー、ごめんね。あたし、本を見つけてこられなかったの」

木の根もとに腰《こし》かけたブンリルーは、いまはわすれな草色《ぐさいろ》をした目をたいぎそうにあげて、ルウ子の顔を見ました。その頬《ほお》は、だれにもなにも書いてもらえないでいる紙のように、まっ白でした。ブンリルーのりんかくが、空気に溶《と》けだしてかすんでいるのがわかりました。自在師《じざいし》は、いまにもこの世界から消えようとしているのです。

「……べつに、かまわないわ。あたし、どのみち、もうすぐ消えちゃうんだから」

目をふせながらも、ブンリルーの顔は、ふしぎと悲しそうではありませんでした。もうじき来るそのときを静かにただ待っていて、けれども、サラやホシ丸くん、電々丸《でんでんまる》が近くにいることに、とまどっているみたいです。ルウ子の胸《むね》に、かみつくほどにするどい気持ちが、うずを巻《ま》きました。

「そんなの、だめにきまってるでしょ！　あたしは見つけてこられなかったけど、フルホンさんが、かならず本をさがしてくれるわ。読みたい本をぜんぶ読むまで、消えたりしたら、フルホンさんがゆるさないわ。それに、それに……」

まくしたてるルウ子を、はらはらしたようすで、サラが見あげています。ホシ丸くんは、すこしすねたように口をとがらせてルウ子たちのやりとりを観察し、電々《でんでん》丸《まる》は、八の字まゆをぐっとよせて、なにかを考えこんでいるようです。

ブンリルーは肩《かた》を落とし、小さなため息をつきました。りんかくは、さっきよりいっそうぼやけ、髪《かみ》の色も服のしまもようも、しだいに色あせてゆくようでした。まるで、目の前で枯《か》れて花びらを落としてゆく植物を見ているみたいです。あと何《なん》枚《まい》、花びらが落ちたらおしまいになるか、わかっていて、ただ見ているしかできないのです。

隕石《いんせき》の火花は、空いっぱいに金ののぎくを咲《さ》かせています。砕《くだ》けて火花になった隕石《いんせき》の、巨大《きょだい》な力がこんぺいとうほどに小さくばらまかれて、それは目に見えない雨となって地上へ降《ふ》りそそぎます。

サラが、こらえきれずにルウ子のうでにしがみついてきました。その顔は、目の前でだれかが消えてゆくおそろしさから、いまにも泣きだしそうです。

「ぼく、舞々子《まいまいこ》さんにたのんで、お菓子《かし》をわけてもらってこようか？　甘《あま》いものを食べて、元気が出ない人なんていないもの」

ホシ丸くんがその場でジャンプをして、水をはねとばしたときでした。

ふりしぼるようなかなきり声が、矢のようにこちらへせまってきたのです。

「……待って、待って、待ってってたら！　書けたんだよぅ！」

猛《もう》スピードで飛んできたのは、幽霊《ゆうれい》です。――バシャン！　頭から水につっこんで、全身をひしゃげさせながら、幽霊《ゆうれい》は着地しました。

あっけにとられているみんなのまん中で、水びたしのまま起きあがると、幽霊《ゆうれい》はブンリルーに紙のたばをさしだしました。それは、くねくね流の文字がつらねられた、原稿《げんこう》のたばでした。何枚《なんまい》あるのでしょう、一冊《さつ》の本くらいに、厚みのあるたばです。大あわてで執筆室《しっぴつしつ》へかけこんでから、幽霊《ゆうれい》は、ずっと物語を書いていたのです。

「こ、これ、わがはい、あたらしく書いたのよ。きみが読むようにと思って、書いてきたよ」

一気に物語を書いたせいか、幽霊《ゆうれい》の頬《ほお》はげっそりやつれ、クラゲににた体は、いまにもばらばらにくずれそうにふるえています。

あちこちがインクでよごれ、しわで波うつ原稿用紙《げんこうようし》は、水色と銀のうつくしい綴《と》じひもで、しっかりとくくられていました。幽霊《ゆうれい》が、七宝屋《しっぽうや》で買ったあの綴《と》じひもです。

水につかっても、綴《と》じひもは動じることなく、かわいたままに紙のたばをつなぎとめています。原稿《げんこう》のたばを、ブンリルーはしばらくだまって見つめ、それからじれったいほどゆっくりと、手を出してうけとりました。紙のたばが重すぎたのか、ブンリルーのうでがあやうくゆれます……どうにか、物語の原稿《げんこう》を落とさずにうでにささえたとき、とけかけていたブンリルーのりんかくが、はっきりとしたさかいめをとりもどしました。

息を飲みながら、ブンリルーは、自分のために書かれた物語の原稿《げんこう》を見つめます。その目は、深くてあざやかな青色に光っていました。ナマズ色の三つ編みが、肩《かた》の動きにあわせてゆれます。

「これ……あたしに……?」

返事をできずに、幽霊《ゆうれい》はふにゃりとたおれこみました。サラがあわててかけより、ルウ子とホシ丸くんもいっしょになって、幽霊《ゆうれい》をたすけ起こします。

「ヒラメキ幽霊《ゆうれい》さん、しっかりして。サラが、チョコレート持ってきたのよ」

「ほら、つかまれ。いくら幽霊《ゆうれい》でも、どざえもんになっちまうのだ」

電々丸《でんでんまる》に雲の上へひっぱりあげられ、幽霊《ゆうれい》はぐったりしながら、ナラがポケットに入れていたミント・チョコレートをもぐもぐとほおばりました。

「〈おこぼれたち〉は、どうしたの?」

たずねてから、ルウ子は自分で気がつきました。ほっぽり森に入ることができるのは、ここへ集まるわすれられた物語や夢の種の持ち主だった、人間だけ――〈おこぼれたち〉は、森へ来ることができないのです（人間の夢そのものであるホシ丸くんや、もとは人間だった電々丸《でんでんまる》は、べつですが）。きっと三匹《びき》とも、〈雨ふる本屋〉で待っているのでしょう。

「ねえ、ブンリルー、消えてないわ」

ルウ子は、原稿《げんこう》のたばを見つめたままのブンリルーの前へ、ひざをついて近よりました。ブンリルーは知らない国へたったひとり来た小さな子どものように、ルウ子のほうへ目をあげます。ルウ子は、空いちめんにきらめく隕石《いんせき》の火花がひとつのこらず、その目の中に映《うつ》っているような気がしました。

「消えてない！　ブンリルー、ちゃんとここにいるわ。そのお話を、これから読めるのよ。『ふたりのティクトゥクと百人のぺたち』だって、ぜったいにフルホンさんが見つけてくれるわ」

興奮《こうふん》しているルウ子にむかって、ホシ丸くんがピーヨ、と口笛《くちぶえ》を吹《ふ》きました。

「わかんないな、本を読むよりおもしろいことが、たっくさんあるのにさ。——だけど、とにかく、消えないですんだんだ。やっほう！」

ホシ丸くんはその場で、くるりくるりと二度も宙《ちゅう》がえりをうちました。

「だけど……どうして？」

ブンリルーはまだ信じられないようすで、原稿用紙《げんこうようし》のたばをかかげ持っています。とつぜんわたされたそれを、自分が持っていいのかどうか、だれかにきめてもらうまでわからない、というように。

ところが、ブンリルーのとまどいにだれかがこたえるより先に、バシャバシャと水をけちらしながらこちらへかけてくる足音が、みんなをふりむかせました。乳白《にゅうはく》色《しょく》の木々のあいだを縫《ぬ》って、一心不乱《いっしんふらん》にこちらをめざす四《よ》つ足《あし》の生きもの——白黒の体に長い鼻《はな》っつらをしたそれは、ほっぽり森のバクです。

「おっと、あぶない！」

ホシ丸くんは小鳥のすがたへ変身すると、上へ下へ飛びまわってバクをからかい、サッと高く舞《ま》いあがりました。

電々丸《でんでんまる》も雨雲を上昇《じょうしょう》させ、ルウ子もコウモリガッパの羽をひろげます。サラの手をつかんでやらなければ、と思ったときには、サラはもう、翼《つばさ》の傘《かさ》を開いて、自分で宙《ちゅう》へ飛びあがっていました。高いところへ避難《ひなん》したみんなは、ブンリルーがじっと動かないでいるのを見て、ぎょっとしました。目の色をかえたバクが、突進《とっしん》してくるというのに！

けれど、もっとおどろいたことには、ブンリルーを見つけたバクが、急ブレーキをかけたのでした。そればかりか、犬のように鼻を近づけて、ブンリルーのにおいをかぎだします。ブンリルーは立ちあがり、原稿《げんこう》を食べられてしまわないように、ぎゅっと抱《だ》きよせました……バクに食べられるのは夢ばかりで、紙に書かれた物語になんて、興味はないのですけれど。

「ブンリルー！　はやく、こっちへ来なさいよ」

ブンリルーをたすけにむかおうと体のむきをかえながら、ルウ子が呼《よ》びました。電々丸《でんでんまる》もすぐに雨雲を動かせるようかまえながら、注意深く下のようすを見つめています。

いったい、どうしたことでしょう。いつもなら、まのびした顔を上へむけて、さびしそうにホシ丸くんを見あげるバクが、なぜかいまは、じっとブンリルーのほうをむいたままでいます。そのうえ、聞きとれないほど小さな声で、ブンリルーがこう言うのです。

「……飛べなくなっちゃった」

ふしぎなものでも見るように、自分の手足をながめます。

「魔法《まほう》が、もうないわ」

ブンリルーの声は、砂糖菓子《さとうがし》のように宙《ちゅう》にとけて消えました。

「そうか！」

ポン、と手をたたいたのは、ホシ丸くんです。はだしの足で、ホシ丸くんはいきおいよく空気をけっとばしました。

「大へビが言ったじゃないか、『自在師《じざいし》をやめるべきだ』って。ヘビに飲みこまれたとき、ブンリルーはもう、自在師《じざいし》じゃなくなったんだ。それで、飛べないんだよ」

たしかに、白へビに飲まれたあと、ブンリルーは杖《つえ》を持っていませんでした。杖《つえ》のかわりに、これから読むための物語を持ち、ブンリルーはバクと見つめあっています。

「じゃあ……」

闇空《やみぞら》にまたたく隕石《いんせき》のこまかなかけらは、お祝《いわ》いの花火のようです。

「じゃあ、ブンリルーは、消えなくってていいんだわ！」

ルウ子の声が森じゅうにひびきわたり、まるでそれにこたえるように、乳白色《にゅうはくしょく》の木々、そして森に集まった物語の種たちが、いっせいに光をはなちました。

ルウ子がおそるおそる、そばへおりてゆくと、バクの目はピタリとブンリルーを見あげたままでいます。

「あたし……いてもいいのかしら?」

ブンリルーが、ひとりごとのようにぽつりと、つぶやきました。

「あたりまえよ」

ルウ子の声は、自分でも聞いたことのないほど、きっぱりと強くひびきました。うつむいたブンリルーの頬《ほお》を、透明《とうめい》なしずくが伝いました。まるきりただの女の子になったブンリルーの手を、ルウ子はにぎりました。バクが、心配でもするように、ずっとブンリルーのにおいを気にしています。

「へえ、バクが食べられるもの以外を気に入るなんて、知らなかったな」

ホシ丸くんが、感心しきって言いました。サラは、自分もバクをそばで見てみようかと、すこしずつ傘《かさ》の高度《こうど》をさげています。

隕石《いんせき》の火花は、金色にきらめいて、まだ空いっぱいに、ほこらしげなもようを描《えが》いています。それは、ルウ子には読むことのできない文字でていねいに書かれた、物語をつづる文字のようでした。

ルウ子は、星の火花のにおいといっしょに、ほっぽり森の空気を深くすいこむと、言いました。

「さあ、〈雨ふる本屋〉に帰りましょう」

二十五　ほらやっぱり、めでたし

ルウ子たちがお店へもどると、天井《てんじょう》から降《ふ》る雨と舞々子《まいまいこ》さんのうでが、とびつかんばかりにむかえてくれました。舞々子《まいまいこ》さんは、うでをのばせるかぎりにのばして、ルウ子とサラとホシ丸くん、それにブンリルーを、いっぺんに抱《だ》きしめてみせました。シオリとセビョーシも、うれしそうにそのまわりを飛びかいます。

「おかえりなさい！　まあ、みんなびしょぬれになって。サラちゃん、寒くはなかった？　ルウ子ちゃん、ホシ丸くん、またどこかに、たんこぶをつくってはいないでしょうね？　ブンリルーちゃん――」

呼《よ》びながら、舞々子《まいまいこ》さんはルウ子たちを解放《かいほう》し、ブンリルーだけを、ふんわりとうでにつつみました。

「よく、ぶじでいてくれたこと。おかえりなさい」

ブンリルーは棒切《ぼうき》れのように立ちつくしたままでしたが、ごめんなさいを言う直前のように、くちびるをまげていました。舞々子《まいまいこ》さんは、ブンリルーが抱《だ》きしめている原稿用紙《げんこうようし》のたばに気がついて、ヒュッとまゆをあげました。

「まあ、あなたの物語を見つけたのね、ブンリルーちゃん」

舞々子《まいまいこ》さんのたそがれ色の目に、いちばん星の光がやどりました。ブンリルーはなんだかはずかしそうに、顔をうつむけます。

「ウォッホン！」

しかつめらしいせきばらいをして、フルホン氏がのしりとカウンター机《づくえ》のむこうから足をふみだしました。が、すぐに、エヘンエヘンと弱いせきをいくつもつづけると、ふくらんでいた羽毛《うもう》をしぼませ、羽先《はねさき》でおでこをかきました。

「……まったくじつに、このたびは、とんでもない大さわぎをひき起こしてしまった。あやうく隕石《いんせき》で世界をほろぼし、ひとりの女の子を消してしまうところだった。

いや、ほんとうに、なんと言ってわびたものか……」

フルホン氏は、心底《しんそこ》からすまなそうに顔をゆがめながら、頭の中ではおそらく、こんなときにピタリとあてはまる気のきいたことわざか、本からの引用を思いだそうとしているようでした。と、そんなようすにはおかまいなしで、サラがピシッと背《せ》すじをのばします。

「ごめんなさい、って言ったらいいのよ。いけないことしたときに、ごめんなさいって、ちゃんと言えないとだめなのよ」

フルホン氏はこまった顔で、メガネのおくの目をきょろきょろさせています。

「こら、サラったら……」

ルウ子がひじでつついても、サラは気にせずつづけました。

「でも、フルホンさんは、おかぜをひいてただけなんでしょう。わざとおかぜをひいたんじゃないんだから、あやまらなくていいって、お母さんもお姉ちゃんも、サラに言うの」

そうしてサラは、うんと大人びた笑《え》みを浮《う》かべて、フルホン氏を見あげます。

「うむ、うむ……」

まだおでこをかきつづけているフルホン氏に、ひらひらと手をふってみせたのは、七宝屋《しっぽうや》でした。

「ははは、小さいお嬢《じょう》さんの、おっしゃるとおりですとも。まあ、さわぎの種をまいてしまったあたくしが言うのも、なんですが……うっかりまいた種からも、出た芽はうまく育ったようですし」

それから七宝屋《しっぽうや》は、黄金色《きんいろ》の目をつるりと光らせ、ルウ子とブンリルーに顔をむけました。

「どんな種から育ったにせよ、花はめでたきすがたです」

ルウ子は、ブンリルーが心細いだろうと思って、もういちど手をつなぎました。

——そのとき、気づいたのです。いろんな色にうつろっていたブンリルーの目の色が、いまは、茶色くなっています。それは、日をいっぱいに浴びている、うるんだどろんこの色でした。

ブンリルーはそうして、すこしだけ声をふるわせながら、けれどもきっぱりとした調子で、言いました。

「あたし、たくさん悪いことをしました。自分がなにをしたらいいのか、なんでこの世界にいるのか、わからなかったの。でも」

ブンリルーは、ぶ厚い原稿《げんこう》のたばを、そっとのぞきこみます。

「あたし、この物語を読むために生きていく。これを読みおわったら、またべつの本をさがして、それを読んで生きていく。それも読んじゃったら、またつぎの。……もちろん、この物語は、ずうっとだいじにして、なんどもなんども読む。それでね、それで、友達のいるこの世界で、ずうっと生きていく」

「あっぱれだ!」

フルホン氏が、おたけびのようになりました。

「よくぞ、よくぞ、そう言ってくれた。そうとも、われわれは、生きるためにこそ本を読むのだ。われわれの生命力のみなもとは、物語と直結している！」

フルホン氏と舞々子《まいまいこ》さんが、サッと顔を見あわせました。無言のうちに、ふたりはなにかを相談し、そして出された結論《けつろん》を、フルホン氏が重々しくもよくひびく声で、ブンリルーに告げました。

「ブンリルーくん。きみのしたことをとがめる者はいない。どうかね、われわれは、きみにこの〈雨ふる本屋〉にすまってほしいと思うのだが。ここなら、おもしろい本がつねにあることはうけあおう」

フルホン氏の申し出に、けれども、ブンリルーはあっけなくかぶりをふりました。

「そんなふうに言ってもらって、ありがとう。でもあたし、ほっぽり森にいることにします」

これには、ルウ子もおどろきました。まるく見開いたルウ子の目を、ブンリルーは、同じ色をした目で見かえします。

「バクのそばにも、だれかいてやったらいいと思ったの。あたしの読む本は、自分でさがす」

「そんな、ブンリルーちゃん……」

舞々子《まいまいこ》さんも、心配そうに頬《ほお》に手をあてます。ピチュン、とさえずって小鳥にすがたをかえ、ホシ丸くんがルウ子の頭の上にとまりました。

「そんなら、ぼくが本をはこんであげようか？　ほっぽり森にならしょっちゅう行くもの。ぼくが近づくたび、バクのやつが大あばれするだろうけどさ」

ブンリルーはすこしこわばった顔でだまりこくっていましたが、それで話はきまりました。

「若《わか》い者《もの》の決断は、つねに、年長者《ねんちょうしゃ》をとまどわせるものだ」

フルホン氏は、翼《つばさ》でうでぐみをして遠くを見やります。と、そのとき、

「自在師《じざいし》、隕石《いんせき》が消えたってほんとう？」

まっ白い天傘《あまがさ》をひろげて、つぶてのように飛んできたのは、鳥の姫《ひめ》です。

「たしかにたしかに、ほろびの危機《きき》が去ったのだろうな？」

「それでは、本も見つかったのでしょうね？」

本棚《ほんだな》のすみから、ヤモリと魚も顔をのぞかせます。三匹《びき》は、かくれてようすをうかがっていたのです。ルウ子は、〈おこぼれたち〉に小さく首をふってみせました。

「さがしてた本は、見つからなかったの。だけど、隕石《いんせき》はほんとにちりぢりに消えたし、そしてこの子はもう、自在師《じざいし》じゃなくなったのよ」

ルウ子のことばに、〈おこぼれたち〉は三匹《びき》とも声も出ないほどおどろきましたが、それ以上に、百のびっくり箱を一時に開けたような顔をしているのは、サラでした。

「──鳥の姫《ひめ》だ！」

雨つぶも吹《ふ》き飛《と》ばすほどの大声で、サラがさけびます。サラを見た鳥の姫《ひめ》も、同じ表情になりました。人間の女の子とヒナ鳥とでは、大きさも体のつくりもまるでちがいますが、純白《じゅんぱく》の翼《つばさ》でできた傘《かさ》を持つサラと鳥の姫《ひめ》は、おかしなほどそっくりでした。

「だれ？　なぜ、あんたも天傘《あまがさ》を持っているの？」

鳥の姫《ひめ》が、目を白黒させます。

「話したでしょう、あたしの妹の、サラよ。あんたとまちがえられたのは、この子」

するとこんどは、ルウ子が鳥の姫《ひめ》を知っていることにまたおどろいて、サラがますます目をまんまるにしました。

「お姉ちゃん……サラ、鳥の姫《ひめ》を見つけた！」

その声の、なんとほこらしげなことでしょう。まるでサラの体の中に、金色の炎《ほのお》がかがやいていて、そこから吹《ふ》きあがったきらめく熱気が、声にのってはきだされているかのようでした。

「見つけた！　見つけた！　サラ、ちゃんと、鳥の人たちとのやくそくをまもれるわ！」

サラがとびはねるので、つられて鳥の姫《ひめ》の傘《かさ》も、ピョンピョンとはずみました。

「〈おこぼれたち〉も、それぞれもとのすみかに帰らなきゃ。ぼく、送ってってあげるつもりだったのに、みんなして〈雨ふる本屋〉へもどってきちゃったなあ」

ルウ子の頭の上で、ホシ丸くんが首をかしげます。

「ホシ丸くんは、とちゅうでべつの冒険《ぼうけん》をはじめちゃうもの、まっすぐ送りとどけるなんて、できっこないわよ」

すると、雨雲にのったままでいた電々丸《でんでんまる》が、おずおずと肩《かた》をのりだしました。

「そんなら、そのちびっこい連中は、おいらが家まで送ってってやろうか？　着いたときに、おまえたちの家のまわりに雨が降《ふ》っちまうかもわからんが、それでもよければ……」

「もちろん、お願いするわ！」

鳥の姫《ひめ》が、はつらつとして飛びあがりました。くるくると、天傘《あまがさ》で回転しながら、高らかにさえずります。

「あたし、国のみんなにこう告げるのよ。『砂漠《さばく》の国に雨が降《ふ》るぞ！』って」

パンパンと、舞々子《まいまいこ》さんが手をうち鳴らして、みんなを注目させました。

「さあ、それじゃあ、先にみんなでお茶にしましょう。それぞれ、出発するのは、しっかりおなかをくちくしてからですわ」

テーブルキノコが、ここにいる人数にあわせて大きくかさを成長させ、舞々子《まいまいこ》さんはその上に、青空と通り雨で織《お》りあげた色のテーブルクロスをひろげました。磨《みが》きのかかった青と白に、キラキラと光るつぶがよく映《は》えています。

テーブルクロスの上に出現したのは、ハチドリの集めたみつでつくった妖精《ようせい》パイ、シャボンクリームと星のアラザンでかざったカップケーキ、白と黒がくっきりとしたうずを巻《ま》いているミルクココア、野の花と野生《やせい》の実がふんだんに入った紅《こう》茶《ちゃ》、こはく色の砂糖《さとう》をまぶしたキャラメルチップスに、ちぐはぐにかたむきながら七段《だん》もかさなったデコレーションケーキ、ぽちりと火のともったブランディアメ、いせいのいい泡《あわ》を飛ばすイチゴ入りレモネード……ほかにもまだまだ、食べきれないほどのすてきなお菓子《かし》とおいしい飲みものが、テーブルの上をにぎわせていました。

「うわああ、わがはい、おなかペコペコだよう！」

それまで空気のぬけた浮《う》き輪《わ》さながらにひしゃげていた幽霊《ゆうれい》が、いきおいよく雨雲から飛びだしました。まっ先にお茶のテーブルに陣《じん》どると、いただきますも言わずにお菓子《かし》をわしづかみにします。

「キャラメルチップスは、ぼくに置いといてよ！」

ホシ丸くんがさけんで、テーブルのまん中にとまると、お気に入りのお菓子《かし》をせっせとついばみました。

「サラも！　鳥の姫《ひめ》も、いっしょに食べるのよ」

サラにさそわれた鳥の姫《ひめ》がテーブルにつき、ヤモリと魚も舞々子《まいまいこ》さんの手にはこばれて、お茶とお菓子《かし》のひしめくテーブルにのりました。

ルウ子とブンリルーは手をつないだまま席につき、電々丸《でんでんまる》もぼりぼりと頭をかきながら、雲からおりてきます。

「――さあ、諸君《しょくん》。隕石《いんせき》の消滅《しょうめつ》と、あらたな本の虫の誕生《たんじょう》を祝《しゅく》して、乾杯《かんぱい》だ！」

フルホン氏がレモネードのグラスを高々とかかげ、もうみんなそれぞれにお菓子《かし》をむさぼったりついばんだりの大さわぎだったのですが、クリームや木イチゴやポップコーンが飛びかい、お祝《いわ》いの気持ちはしっかりと伝わりあったのでした。にぎやかなお茶のテーブルを、カウンター机《づくえ》の水晶玉《すいしょうだま》の上から、カタツムリがひっそりと見まもっていました。りっぱな触角《しょっかく》を静かにくねらせ、それはきっと、こんなあいずを送っているのです。

〈めでたし、めでたし〉

市立図書館の中には、ふんだんなオレンジ色と金色の光がさしこんでいました。雨が、やっとあがったのです。雨あがりの、いつもより強くあざやかな夕方の光が、暗かった建物の内部をすみずみまで洗《あら》いきよめています。

ルウ子とサラは、手をつないで〈雨ふる本屋〉から帰ってきました。ふたりとも、リンゴリンガ鉄道から舞々子《まいまいこ》さんがたいせつに持って帰ってくれていた、レインコートを着ています。

「ところでサラ、塔《とう》から消えたあと、どこにいたの?」

光に目がくらんで、ルウ子はまぶたをこすります。サラはふしぎそうに、首をかしげました。

「消えちゃったのは、お姉ちゃんのほうでしょう? サラたち、すごく心配したのよ。お姉ちゃんも、ケラエノに会えたらよかったのにね」

サラは、夕方の光をジュースのようにすいこんで、満足げなため息をつきました。

「お姉ちゃん、大冒険《だいぼうけん》だったねえ」

まだうきうきしたままのサラを、ルウ子はおさえた声でたしなめます。

「しっ。図書館で大きな声、出さないの」

そうして、サラの手をひいて、歩きだしました。

「うちへ帰ったら、ちゃんとお母さんにあやまるのよ。きっとすごく心配してるわ。サラが、家出なんてしようとするから」

前をむいたまま言うルウ子を、サラがちょっと不安そうに見あげます。

ずんずん進みながら、ルウ子はしかめっつらのままでいるのが、どんどんむずかしくなってゆきました。プスッと、こらえきれずに吹《ふ》きだすと、ルウ子の足はしぜんとかけだしました。

「お姉ちゃん、どうしたの？」

サラはつんのめりそうになりながら、一生けんめいついてきます。

「帰ったら、超特急《ちょうとっきゅう》でパズルをつくっちゃおう。そしたらあたし、そのあと、お話を書くの。ブンリルーに見せてあげる、あたらしいお話」

ルウ子のはずむ声に、サラの頰《ほお》までうれしそうにかがやく気配《けはい》が、手を通して伝わってきました。

ルウ子の肺《はい》の中の空気も、血管《けっかん》を流れる血も、まったくあたらしくなってしまったみたいに、体がはずむのを止められませんでした。書きたい物語が、いくつも、いくつも、ルウ子の中にありました。それがはねまわって、ルウ子を走らせるのです。

ひとつのこらず書こうと、ルウ子は決心しました。

ひとつのこらず書いて、そうして、友達にとどけてあげるのです。

〈雨ふる本屋〉へ行くときと同じくらい、わくわくしながら、ルウ子とサラは、くぐったのでした。

雨がのこしていったしずくがキラキラとかがやく図書館のガラスのドアを、くぐったのでした。


〈おしまい〉

日向理恵子（ひなた　りえこ）
一九八四年兵庫県生まれ。主な作品に「雨ふる本屋」シリーズ『魔法の庭へ』（いずれも童心社）『日曜日の王国』（ＰＨＰ研究所）「火狩りの王」シリーズ（ほるぷ出版）などがある。

吉田尚令（よしだ　ひさのり）
一九七一年大阪府生まれ。主な作品に「雨ふる本屋」シリーズ（童心社）絵本『希望の牧場』『悪い本』（共に岩崎書店）『星につたえて』『ふゆのはなさいた』（共にアリス館）『はるとあき』（小学館）など多数ある。
https://www.hiruneweb.com/

雨ふる本屋とうずまき天気

二〇一七年　五月十日　第一刷発行
二〇二一年　三月二十九日　第五刷発行

作　日向理恵子
絵　吉田尚令

発行所　株式会社童心社
東京都文京区千石四－六－六
電話　〇三－五九七六－四一八一（代表）
〇三－五九七六－四四〇二（編集）

印刷・製本　図書印刷株式会社

https://www.doshinsha.co.jp/
Published by DOSHINSHA Printed in Japan
ISBN978-4-494-02053-9
NDC.913 19.4×13.4cm 358p

あなたの物語が、きっと見つかる。

雨ふる本屋

おつかいの帰り、図書館へ寄ったルウ子は、カタツムリに誘われて〈雨ふる本屋〉へ……。物語への愛と信頼がこめられたファンタジー。

小学校 中学年から
232頁
定価本体1300円(税別)

あらゆる本屋や図書館を破壊してまわる骨の竜、“ミスター・ヨンダクレ”の真の目的とは!?〈雨ふる本屋〉に危機がせまる、シリーズ第2作目。

小学校 中・高学年から
336頁
定価本体1333円(税別)